吴世刚 著

诗歌/散文

春天真的来了
我被迫从冬眠中醒来
发现时间已经融化
（其实时间从未冻结）
这使我的无奈更加重
就像我一直计划吹灭一颗星星
现在春天真的来了
时间穿得越来越少
露出使人绝望的身段

嫩寒锁梦

敦煌文艺出版社

图书在版编目（CIP）数据

嫩寒锁梦 / 吴世刚著. —— 兰州：敦煌文艺出版社，2020.3（2021.8重印）
ISBN 978-7-5468-1865-8

Ⅰ.①嫩… Ⅱ.①吴… Ⅲ.①散文集－中国－当代②诗集－中国－当代Ⅳ.①I217.2

中国版本图书馆CIP数据核字(2020)第023813号

嫩寒锁梦

吴世刚　著

责任编辑：尚再宗
装帧设计：石　璞

敦煌文艺出版社出版、发行
地址：（730030）兰州市城关区曹家巷1号新闻出版大厦
邮箱：dunhuangwenyi1958@163.com
0931-8152307（编辑部）
0931-8120135（发行部）

三河市嵩川印刷有限公司印刷
开本 880毫米×1230毫米 1/32 印张 9.625 插页 2 字数 160千
2020年10月第1版 2021年8月第2次印刷
印数 1001~3000册

ISBN 978-7-5468-1865-8
定价：48.00元

如发现印装质量问题，影响阅读，请与印刷厂联系调换。

本书所有内容经作者同意授权，并许可使用。
未经同意，不得以任何形式复制转载。

自 序
——爱生命，爱时间

我出身农村，深知土地肥沃与贫瘠的差距。我自信是一块贫瘠的土地，终归长不出丰硕的庄稼，但对写作的态度是真诚的，犹如一隅僻壤，是一种朴素的真实。

因在大学得过一次校园文学奖（诗歌一等奖，散文二等奖），便勾起了文学梦，一路走来，实是徒增烦恼，徒消时光。亦因生活环境的偏狭，思想的封闭，写作一直处于感性状态，这恰恰对应了自己的贫瘠。

在艰辛的生活中，人格总被撕裂，唯一不变的，是在精神深处，坚守文学的尊严和神圣，倒是自己的无知无畏和卑微，成就了对梦想的坚守，就如一块薄田生长出瘪秕低产但无污染的粮食。

多年前，有朋友劝我将自己诗作整理成集出版，以防散失，只因自觉作品质量平平，便丢在一旁了。随着年龄的增长，似乎产生了对这一生有个阶段性总结的愿望，对自己爱好文学的一个交代，便决意整理出版这本《嫩寒锁梦》了。

关于书名，取自《红楼梦》"嫩寒锁梦因春冷，芳气笼人是酒香"句。"嫩寒锁梦"，一个人的梦想成真了，便是春暖花开了，但很多时候这只是一种无望和奢望。

相对于工作地，我算是外乡人，刚参加工作，被分配到一个偏僻的山村当老师。当地无菜市场，无饭馆，到镇上无通车，刚步入社会，便深深体会到生活的不易和失落。恕我没有很高的思想境界，不愿扎根那个偏僻落后的山村,为了跑调动,自己真正像一只无头的苍蝇,到处碰壁且毫无功效。虽然看尽他人脸色,尝尽世间冷暖,后来庆幸得到朋友、老乡的帮助。在镇上中学工作了几年,一个偶然的机会,调到县委办当秘书,也算是进城了,便有点心高气傲起来。当见到些"大人物"和"富有人",再加懵懂知道了些世事后,才认识到自己渺若微尘。

写诗,即是为了温暖自己的心。身在体制中,在强大、虚荣、世俗、无形却赖以生存的环境中,为了保持人格、精神的本真,只能蜷缩着身体,让精神孤独地站在一旁,甚至隐遁式地低下头。

真正写诗者内心是孤独的,很多时候,他得独自面对一座所生存的城市。

从年少多愁,到年近半百,总是感叹青春易逝,时光匆匆。在永恒的时间中,生命只若昙花一现,内心便纠结困苦于生命的短暂和碌碌无为。所幸有亲情、友情、乡情、爱情的陪伴,这短暂的生命又显得绚烂多彩。

总是感谢我的亲人、朋友,感谢我的家乡,感谢所有我爱的人!

我爱生命,更爱时间!

目 录

诗歌篇

第一辑　青春无限惆怅 ……………………………… 003
 我想知道 ………………………………………… 003
 回忆爱情 ………………………………………… 004
 无心的遥远 ……………………………………… 005
 来来去去 ………………………………………… 006
 小河 ……………………………………………… 007
 悄悄离去 ………………………………………… 008
 新苦 ……………………………………………… 009
 一弯明月 ………………………………………… 010
 爱情的礼物 ……………………………………… 011
 七月的黄昏 ……………………………………… 012
 不该 ……………………………………………… 013
 失落 ……………………………………………… 014
 一片枫叶 ………………………………………… 015
 我看见我爱的人走过溪边 ……………………… 016
 变迁 ……………………………………………… 017
 那幅肖像 ………………………………………… 018

想你的时候	019
我的爱情	020
人生如春	021
似水流年	022
两颗天体	024
你的孤独感动着世界	025
似水流年之桃花伊人	026
你是否会去郊外看桃花	027
日子	028
夜	029
风波过去	030
一种相思	031
争渡	032
无题	033
只要	036
我不知道送你什么	037
拉胡者	038
写给病中的友人	039
一片白霜	040
夕阳	041
我拿什么去旅行	042
离别	043
昨夜我又梦见了她	046
致 C 君	047
致另一 C 君	048

MU LU / 目　录

　十四的月亮 …………………………………… 049
　听雨 …………………………………………… 050
　独身 …………………………………………… 051
　路过某个城市 ………………………………… 052
　面孔 …………………………………………… 053
　初雪 …………………………………………… 054
　面对夕阳 ……………………………………… 055
　随想 …………………………………………… 056
　春日匆匆 ……………………………………… 057
　岁月无痕 ……………………………………… 058
　绝望者 ………………………………………… 059
　你的手 ………………………………………… 061
第二辑 思念我的家乡 …………………………… 062
　晨醒 …………………………………………… 062
　门神 …………………………………………… 063
　灶爷 …………………………………………… 064
　年 ……………………………………………… 065
　旱情 …………………………………………… 066
　离开家乡的时候 ……………………………… 067
　想起家乡的时候 ……………………………… 068
　疯女人 ………………………………………… 069
　土地 …………………………………………… 070
　雾 ……………………………………………… 071
　回家 …………………………………………… 072
　父亲的心事 …………………………………… 073

父亲 ……………………………………… 074

雨夜 ……………………………………… 075

妈妈的汗水 ……………………………… 076

母亲（一）……………………………… 077

母亲（二）……………………………… 078

盼春 ……………………………………… 079

思念家乡 ………………………………… 080

八月十五·雨夜 ………………………… 081

小脚二奶奶 ……………………………… 082

流浪人 …………………………………… 083

关于夏收 ………………………………… 084

我的堂妹 ………………………………… 085

早晨的挑夫 ……………………………… 086

寻找回家的路 …………………………… 087

第三辑 生命·时间·彷徨 ……………… 089

爱生命，爱时间（组诗）……………… 089

吴山古柏 ………………………………… 093

吴山 ……………………………………… 094

登高而感 ………………………………… 095

鸟的代言 ………………………………… 096

四面楚歌·虞姬 ………………………… 097

秋 ………………………………………… 098

执着 ……………………………………… 101

校园正在诉说 …………………………… 103

生命境界 ………………………………… 105

MU LU / 目 录

腐朽	107
春感	108
等待	109
走在阳光下	110
春的意象	111
面对夕阳	112
春天已经过去	113
秘书	114
自白（一）	115
自白（二）	116
无题	117
在阳光的一隅	118
黛玉葬花	119
怀念逝者	120
随风而游	121
少奇同志	122
初雪	123
二〇〇六年元旦	124
初冬的阳光明媚灿烂	125
窗前有盆杜鹃	126
秋凉	127
孤独	128
我的眼睛	129
雪	130
我为什么忧郁	131

独自等待	132
失衡	133
柳絮飞	134
我总是做不好一个人	135
闲想	136
孤独	137
空落的厂房	138
寻春	139
梦呓	140
清晨	142
年轻的友情与爱情	143
背叛	144
城市印象	145
生存状态	146
云水禅心	148
春满人间	149
牵着春天的手	150
七彩云南	151
丽江古城	152
洱海	153
蝴蝶泉	154
漓江	155
写在二〇一二年元旦之际	156
葬	157
好好晒自己	158

傍晚登凤山	159
高洁的温暖	160
女人和诗	161
在隧道中	162
贫贱的心情	163
去旅行	164
岁月	165
五·一二地震	166
哭泣的书包	168
一只鸟	169
真相	170
街上	171
下班路上	172
怀念	173
秋意	174
去到某个城市	175
平淡的春天	176
半世沧桑	177
古韵青泥岭	178
小小咏唱	180
澳门你早	183
冬日的阳光	185
在时间深处	186
在最深的红尘里相逢	187
痛	188

永远的惆怅	189
一个人的城市	190
夜行	191
没有绝对的黑夜	192
涛声依旧	193
滨河樱花开	194
芳草	195

散文篇

听鸟语	199
三株梧桐树	201
吃水	203
娃娃亲的回忆	208
怀念祖父	211
儿子和小狗	221
儿子	224
月亮峡	230
神奇的九寨	232
康县阳坝	239
感受拉萨	241
天不悯人	245
薛宝钗因进宫落选而反常吗	248
元旦素语	262
无名山访春	264
清明	266

中年的悲凉 …………………………………… 267
静静的秋色 …………………………………… 268
秋的心情 ……………………………………… 270
中秋过后 ……………………………………… 271
一场大雪 ……………………………………… 272
蓝颜知己 ……………………………………… 273
成都印象 ……………………………………… 274
心乱 …………………………………………… 275
你是我的天堂 ………………………………… 276
初冬的下午 …………………………………… 277
寻访龙潭坝 …………………………………… 279
清明踏春 ……………………………………… 286
凤山春色 ……………………………………… 288
清露晨流 ……………………………………… 289
跋 ……………………………………………… 291

诗歌篇

SHIGE PIAN

春天真的来了

我被迫从冬眠中醒来
发现时间已经融化
（其实时间从未冻结）
这使我的无奈更加重
就像我一直计划吹灭一颗星星

现在春天真的来了
时间穿得越来越少
露出使人绝望的身段

第一辑　青春无限惆怅

我想知道

我想知道
你是否以你富有的忧伤
轻轻地
将我装进你的衣袋
或者，以你怜爱的多愁
给我暂时的温存
如果我的猜测没错
该怎样描述你的话语和眼神
请不要再做戴面纱的女神
纵有狂风暴雨
我已为你搭建了幽居

回忆爱情

（一）

是谁找不到，家乡
找不到，遥远的亲人
和，年龄的增长
找不到，美丽的坟墓
将瘦削苍老的形容
永远拴在，青春的边缘

（二）

走了多长的路
看了多少美景
傻乎乎地潇洒
到头来都在创造
你白皙的额头和柔发
所代表的世界的优美

（三）

有一天我一骨碌从床上爬起
看到窗外灰蒙蒙一片
只有残叶淡淡飘香
渗透着年少的浓荫斑驳
如今叶子落尽
秃了生命
遗失了从小到大的生长

无心的遥远

无心的望啊
望不尽的遥远
望不尽的重重叠叠

满山春的气息
满山鸟的啼唱
阳光下朵朵蝴蝶闪闪
改变我心的颜色
使它充满惆怅
充满惆怅
为不再回来的时光

绿的温馨的富有的春韵中
我无力表达
无力表达而甘愿死去一样隐避
可什么在召唤
召唤我的精神婴儿样
在这里沐浴
重新赐予洁净新鲜的痛苦
新鲜洁净的痛苦要我想象
想象我的家乡在何方
我为什么不去和她相聚
我的爱情还能回来吗
我为什么不穿上华丽的衣裳

来来去去

甩不掉穷人的坎坷
就告别了无数日子
在远方芬芳的阳光里
感受诸多的默念

迎着硬烈的气候
踏着龟裂的旧路
把远方的风雨
奉献给朋友

淡素的生活方式
悲凉了一秋的脸蛋
几颗多年未见的青石
裸露了河床的干枯和纤柔
只是流纹细细
还可想起淙淙昨日

想用积攒起来的相思
感动青石痴坐的花开花落
任凭足迹
踏破千年印记

便似渔人撒网般
将一切投入一河西风
让那最真的情吹淀成
河床的厚度

小河

那天，是夏季
我们蹚在那条小河里
你说要寻找河的源头
我笑着指向深处的山谷
温柔的阳光
从山坡树梢漫扫下来
你的脸很红
河水从你的脚跟
流向我的脚面
很绵软

我知道河水不会停留
我将拖鞋踢得很高
飘过你的头顶
你双手掬起你的笑语
洒向我的头上、脸上、身上
清凉渗透我的内心

一天，是秋季
拖着秋风站在那条河岸上
河水潺潺
你的影子很模糊
我知道明天要下雨
我不愿我的情思失落在秋雨里

河水带着梦
漂走了
没有阳光
我的影子很瘦

悄悄离去

只为你俯案的埋头
抑或仰首的轻轻叹息
如缥缈的曲儿
颤落我心弦上的积尘

借了月光悄悄走来
用一串回忆缠绕你的高楼
月儿隐去时
夜露打湿了我艰涩的双脚

捧着一个乏弱的许诺
用一挽青发抚摸无数个陌生的脸庞
又悄悄离去

SHI GE PIAN/诗歌篇

新苦

我是一只飞过你眼前的蛾
随你捕捉
你那轻率的甜笑
抚摸着我的心扉
你对我的珍藏
其实是你的寄托
当你走出那个圈子时
才发现你不是捕蛾的能手
这才想起放走的小生灵
你流着泪在寻找
找到的却是路边的晨露

一弯明月

弯腰的冷女人
睫毛下含着一个
失落了千年的夙愿
禁不住
一江春水岁岁流年的洗去
那最动情的一面
另一面
留于你我
寻觅疲惫的尘缘
此情中
谁说没有笑过呢
于是我吟诗一首
扶不起你多泪的风流
抚不平我生茧的情深
让我们化作千年的祝愿
藏入冷女人的怀中
祝人世间的如愿以偿

爱情的礼物

青山绿水旁
欣欣向荣的翠林中
倒在岸上的半截
残缺的朽木
是善良而纯洁的爱情
送给我离别的礼物

白而虚的朽木
蓝蓝的天
山在青，水在绿，树在翠
生命永恒地静寂
点点消失的朽木
何以荣荣再生

七月的黄昏

宴席在七月的黄昏散了
黄昏便是离人的脸庞
望着暗了的影子
目光犹如柔柔的余晖
没有个完整,没有个尽头
最是东天的青山隐隐
恰似宴席上的一种情愫
瘦了山间的河溪
肥了夜半的泪水

不该

你轻轻的步子
步入我紧闭的门
我知道
你不会停留很久
看着你悄然远去的背影
我不愿悔恨流泪
我将门闭得更紧更紧

失落

重吻在那条通向遥远之梦的路上
再也拾不起昔日浪漫的笑语
思绪犹如坡上的青草
无边延伸

从来不能相信分别时的眼睛
何必表达一个孤傲的情调
将思念和痛苦永远留给自己

一片枫叶

一阵无情的风
枫叶落了很多很多
他们互相惊诧地望着
万没想到会有这样的时刻

又是一阵风
他们在默默的哭泣中
在默默的祝福中
带着无限惆怅
各奔四方……

许多年后
他们有的成了诗人笔下的颂歌
有的成了情人柔发上的饰卡
有的被姑娘采取当作书签
有的则融在泥土里
从此无声无息

唯独一片枫叶
化作天宫玉树上的玉叶
从此她在夜空中闪烁着光芒
每晚，我能看到她的清晖

我看见我爱的人走过溪边

我看见我爱的人走过溪边
抱着双手,勾着头
两步一徘徊

溪水在她脚下涓涓流淌
幽暗处的鸟鸣向她争相问候
她总充耳不闻
偶然仰头看看蓝天
我看见她的颦眉和
满脸的忧伤
随水悠长悠长

变迁

看着穿超短裙的姑娘
那个嫩嫩的脸蛋
已变成一幅干枯的版画
又清又纯的岁月
缝进遥远的记忆

路灯下的影子拉得很长
消失在花园的梦境里
山坡上的影子缩得很短
贴在脚下

那幅肖像

整个生活是那幅肖像
我无力创造她的美丽

在污浊的路旁
大街市的眼角
我再没有潇洒起来
蹩脚的渴望的痛苦
多少次失去信心而徒伤

我这可怜的人儿落得一无所有
有时偷偷打扮自己
发现那颗心依然纯洁，依然热情奔放
可那幅肖像
我无力创造她的美丽
总是惊慌失措而不得安宁

想你的时候

想你的时候
时间如温柔的流水
滑过我的嘴唇
满世界装饰着你美丽的轮廓
你那双眸
清亮了我所有激动的情节

就这样迷迷糊糊地想着
从天晴到下雨
你却是纯亮的阳光，晶莹的雨滴
我便在阳光和雨滴中做梦

我的爱情

我的爱情没有家
没有父母
我好想……

我的爱情将怎样长大
风雨中她更漂亮
我好想……

我的爱情没有华丽的衣裳
没有屋顶
我好想……

我的爱情是一只美丽的鹿
在丰美的草原上奔跑
我好想是那片草原
守护她的自由

人生如春

花树下挂满蚕丝般的相思
晶莹剔透了整个春天

花朵在风中夭夭灼灼
那是相思人的心跳
大地弥散着花草的清香
那是相思人轻轻的呼吸
春光照亮了心房
那是相思人的眼波
那幅浅淡的笑容
永远藏在
蓝天边一片白云里

似水流年

春风轻轻走过身边
心里装满了话
只是抿着嘴笑了
桃花热烈地回眸
含蓄而成熟
又消失了

绿叶奔放着青发和玉臂融动在春色中
清溪湿润着笑声
青草上留下温玉般的足音
皓齿灿烂了一树梨花
眼泪闪烁在晨曦的叶尖
树荫下栖息着年轻的忧伤
斜晖里站满惆怅的影子
晚风吹不尽太多的叹息
年轻的母亲脸上挂满骄傲的笑容
兄妹惜惜相顾
手绢丢在谁的身后谁又拾起
金黄的麦浪富有弹性地柔和地拂着山的脸
杨树叶在阳光下明明闪闪
碾麦场上扬起无挂的喜悦
啊，山花般烂漫的理想啊
纯情姣好的面容啊
阳光一样新鲜明亮的心情啊
晶莹剔透的时光啊

浑浊的目光在悠长的脚印里寻觅
残垣断壁的心房
凝视着青草漫过的幽径

品味永久离去的落满风霜的脚步
母亲唯一拥有的思念
不断擦净一张张时间的照片
白发依然美丽

嫩寒锁梦

两颗天体

在茫茫宇宙中
两颗天体
遥遥相对
就像尘世间
两个互相注视的人
没有声音
没有色彩
甚至没有动作
只是遥遥相对
不知从何时开始
他们就心心相印
他们的心心相印
没有时空
注定了永恒

你的孤独感动着世界

万点飘絮
是你一声声的叹息
举一树紫桐花
是你幽香的忧郁
飞扬的春光,疯长的花木
是你无限的心事
你的心事总待在静谧的小屋
像一枝静养的水仙
你太多的回忆和向往,拥有太多的孤独
你的孤独心志高洁, 性情纯率
生活在真实的时间里
感动着每一天的世界

似水流年之桃花伊人

那朵你曾嗅过的桃花
依然散发着你的气息
那笼罩一树的光晕
是你遗留的明媚鲜妍

多少年了
桃花是一面镜子
只有在春天
才能看到你年轻的影子

你是否会去郊外看桃花

你是否会去郊外看桃花
去看我们以前的身影
你是否会拾起
青草上温玉般的足音
还有叶尖欲滴的泪花

你濯足的石边
生长厚厚的青苔
水声鸟声依旧
多少红颜赋予青苔无情的繁华

你是否会去郊外看桃花
别辜负了春色正浓

日子

不懂怎么会对你说
别了，那段永远的日子
刚送走一段缠缠绵绵
雨就阴霾起来
眼睛总是迷蒙
滴滴答答的雨声
体贴到世界的孤冷

不懂我怎么那么傻的清高
连心休憩的地方
都没刻意存留
疲劳了
就差愧朋友来看我
而无时不在想
告别那段日子的失落
只有你遥远的方向
虽然永世不能去寻找
总给我偷偷洒泪的希望

夜

(一)

你隐去了五色嚣尘
山峦星月也被你消融
唯有声音,不,是你的心声
在真诚地诉说
天明了
叶尖上满是你的泪痕

(二)

这几天你总哽咽得厉害
我的梦常常被你惊醒
细细体贴你心灵深处的伤痛
和我一样
泪水贮藏了无休无尽的心事

风波过去

不能爱你一时
却能爱你永恒
……

无声地枯坐
任苍白的岁月弥漫了全身
因绝望却不能自熄的心火
焚尽所有的成果
那是少得可怜的成果啊
于是一个脆弱的悲剧
拉上了帷幕
嘲笑和眼泪
无价地被掩埋
风波过去
世界又是那样干净

一种相思

想你
我是一只夜莺
啼觅于林子里
是一条弯曲的小溪
不能坦直
奏一首无止的乐曲
是夜晚平静的海面
猜不透厚度的神秘
想你
是一枚瓷罐
装得住种种味
却不能融化

争渡

愿你是一叶荷莲
秋雨的黄昏
做我垂泪的玉盘
愿你是只夜鸟
月儿睡去时
惊醒我不寐的夜弦

你是否是
一弯香舟
载我百年的心愁
争渡，争渡
那条河啊
悠长，悠长

无题

（一）

忘不了那个冰冷的教室
忘不了那个冰冷的宿舍
忘不了那条冰冷的街道
更忘不了那个冰冷的冬天
一颗火热的心
将一切冰冻融化

可是啊，那颗火热的心
在夏季里真正冻结

（二）

走近你时
你的目光如此冷漠
致使我心寒
远离你时
你的目光却如此含情
致使我激动
恋恋不舍

不能拥有
一半是自尊
一半是自卑
于是错过花满枝桠的昨宵
又要错过
忐忑不安的今朝

(三)

我听见了你的忏悔
你内心的伤痛
可我已说
我去了很远很远的地方

望着你的背影
我懂了
一夕是百年

(四)

将静夜里的每滴眼泪
一夜一夜地
积攒了
酿酒

某种心情的时候
再斟上半盏
细细地
品你

(五)

他人去到市场

用自己的劳动
做公平的交易
而我去到市场
卖掉我的人格
又得到什么

谁拿走我的人格?

只要

只要你能温柔地
望我一眼
我已满足
只要你能表示
对过去痛苦的回忆
我已激动

多年后
只要你能认出我的面容
想起那个痴情的男孩
我已懂得
懂得这一生你给予我的很多很多

前面已是分路口
虽然我十分害怕
心跳不断加快
无奈让我们握手道别
道一声——珍重

我不知道送你什么

以前,你像不懂事的孩子
而现在,却变得那么客气,彬彬有礼
以前,你是多么动情妩媚
而现在,多么高雅含蓄
我知道
分别在即
忧伤和疲劳是你送给我的礼物
我不知道
送你什么?

拉胡者

今天是我的生日
原以为一无所有
你的胡声在傍晚响起
却那样悲伤
我知道
那是我唯一的生日礼物
可我们并不相识，拉胡者

啊，你的胡声如少女的纤纤叹息
如母亲无奈的眼泪
如轻轻泣饮的秋风
为什么要拉起悲伤的曲子
我知道
那是我唯一的生日礼物
可我们并不相识
拉胡者

写给病中的友人

你躺在床上
想一个遥远的神话
还是一个古老的传说

这时你已睡着
要不我怎么看见
你穿一身素白的飘纱
觅留于那潭清水边
周围散布着大小青石
长满嫩草野花
再远处是低矮的悬崖
太阳刚刚冒出光华
一对白鹤在你头上飞旋

这时你刚服完药
静静地望着屋顶
风悄悄掀起门帘
偷偷窥视你的睡姿
一只雀儿温柔地啼叫
向你送来问候

这时你感到困乏痛苦
院里有轻轻的脚步声
我正悄悄走来
坐在你的枕边

一片白霜

我拥抱一片凄美的白霜
不知在上面写下什么
用我的年龄和
从早到晚的日常琐事
将那片白霜
注释成一种记忆
记忆几种最平常的故情
比如我的亲人或者
我的友人
而如今,这种记忆
如落叶一样随风飘下
偶然透露出一丝
难得的微笑

有时候我将那片白霜
自然大方地描绘成一种风景
比如一片净黄的西天
或者
朝阳少女般
袅袅踏上云头
将自己的青春
奉献给大地

夕阳

你那丰富的姿态
是否走到路的尽头
身后是悲壮
还是无限延伸的孤独

无数的山峦
你又是怎样跨越
前方是否还有
更高的信念

我拿什么去旅行

我拿什么去旅行
我唯一的朋友
我该上路了
你的送别留在清晨中

我拿什么去旅行
对亲人最平常的感情
还是一个含苞欲放的季节
我该上路了
这寒冷的冬天快要结束

我拿什么去旅行
自己的长相
还是街市的花花绿绿
我该上路了
我的嘴唇干裂
皮鞋脏皱
还难为情地
给了一个乞丐两元人民币

我拿什么去旅行
用等车的时间
还是一路的孤寂
我该上路了
都市的少女
你的衣服使人迷恋忘返

我拿什么去旅行
我的异想天开
还是记忆中年少的浓荫斑驳

我该上路了
我该买些什么
钱已所剩无几

离别

(一)

离别
经历了多次
却没这次来得早
来得突然

海滩的迷人不再是夏季
那份无限弥漫的情绪
悄悄钻到海里
忍不住吻一口海水
啊,好苦好涩

想用笙箫吹一支赠歌
拾起来时
浪花已浸透箫心
泣不成声
便偷偷躲藏
海风轻轻走来
撩起我的耳发——
珍重

(二)

感情是一根线
一头是爱
一头是恨
爱和恨拉断了线
不但是精疲力尽
还有无法计量的日日夜夜
请别陌生
让我们用眼睛举饮饯别
饮个明白

(三)

过去的一种陌生
现在却变得熟悉亲切起来
这便是离别

(四)

我便是古道上的那匹瘦马
因失去华丽鞍套而弥望
弥望你夕阳一样
因企盼而乏弱的身影
夜色将我们融化
怎禁得住片片西风

（五）

你频频掷来的目光
使我的痛苦不断新鲜
你妒气的沉默
使我的心思不知所措
无有头绪地寻寻觅觅
因为我们相处的时光所剩无几

（六）

我这样疯狂地表露
宁愿留下疯子的荣誉
我的时光消耗殆尽
或许明天去流浪
或许明天会死亡

沉默在别人的狂欢蜜语中
天生我是一个穷种
天生我是无心地生活

昨夜我又梦见了她

昨夜我又梦见了她
我像没落的贵族子弟
又回到往昔的殿堂
我显得多么年轻
愉快的心情
在她漂亮的脸上憨笑开放

我好像受到神的保护
没有任何困苦烦恼
她微露皓齿笑着款款走来
周围的山水草木美丽无比
还有阳光和空气
似乎从她的脸上
和新雅的衣裳上生长出来
然而最美的是她的笑脸
与柔和流畅的身段

致C君

我飞觅的幼翅
不小心拍起你平静的水花
从此想飞也飞不出
你一圈圈的涟漪

当你终于平静下来时
请赐我一叶扁舟
满载我离去的愁伤

致另一C君

我的设防太原始
经不起你考古的挖掘
被你践踏得千疮百孔
你带着价值昂贵的发现
去进攻另一古堡
而我在那儿
独自呻吟

十四的月亮

一些无名（不可名状）的心愿
许诺在那个时刻之前
默默伤感无限沉重的现实
一次次痛苦地逼近那个时刻

对生活太多的热恋
枯竭了感情
无力表达命运般的心愿
任其慢慢显得若有若无
在车轮的尘埃里
难以清澈

白天在太阳下蹩脚地行路
今夜，好多人不经意的今夜
偷偷伸展腰肢
猛然抬头望见月亮
那些无名的心愿
又隐隐击痛
那个预约的时刻

听雨

画舫漏下的清泪
抑或淡淡的香酒
水面溅起久远而缓缓的哀怨
打湿红红的楼灯

清冷的风撩起漂泊者的额发
吹熄几点明灭的渔火
爱情,仕途,民怨
被雨洗得更加清晰

雨打残荷
撩起幽人低垂的帐纱
悠悠的思情
永远穿过梧桐叶隙
漏下一串
凄清的诗行

独身

青山老了青春
夕阳安慰了爱情
朴素的鸟鸣花香朴素了过去的心情
我将孤独忧伤
贴近童年的蓝天白云
有谁想起或看到
相约的倩影

一样的春天
在秋天落泪
有谁遗失了年少的回忆
将未来的生命和希望
送做时间的路费

路过某个城市

路过某个城市
物是人非
那些新鲜的脸庞
藏到哪儿去了?
陌生的人
在马路上做游戏
还是在做城市的记忆?
想去兜一圈风
怕破了生长的印记
就擦拭每张远方的镜头
笑语,衣服,步履
甚至一点点山水草木
像旅车的前驶
和城市的年龄
不再重复

明天就要启程
只是舍不下他们漂亮的衣服
和走路的姿态
生命
就在这种留恋中老去

面孔

我脸上有多少幅面孔
从白天到黑夜
从黑夜到白天
总不消失
这些各色各异的面孔
使我眼睛呆滞
口唇干燥
身体疲劳
使我丢弃在大街市的角落
无奈计算回家的路程

每天每天
苦苦测度各色各异的面孔
所装饰的生活信条
和信条的生活方式
枉费心机地推演
某种生活的开始
和结束的时间
在理由中侥幸
在过程中焦虑
却抛开了灵魂的生长
就像旱年的麦子
在怜惜的无奈中
供养着生命

初雪

初雪之前
还是细雨蒙蒙
似柔而冷的眼睑
曾经相识的姑娘
无望孤独的期待
在潇潇秋雨中伫立
从初秋到初冬

我怎样呼吸这初雪的清气
眉宇的忧伤在雪光中消散
万点飘飘的初雪
我惊慌失措
多长的等待
而时光又无声地被初雪
飘飘融化

面对夕阳

面对夕阳
我是一棵小草,或者
一片绿叶
沐浴无量的智慧
没有喜怒哀乐,没有嘲讽幽怨
那样的沉寂,悄然无声
明天早上
我依然是一棵小草,或者
一片绿叶

随想

也许我还年轻
也许我不再年轻
也许我正年轻
也许青春已经流尽

往事，心事
心事已成往事
往事还是心事
徘徘徊徊
从夕阳西下到夕阳西下

春日匆匆

年轻的姑娘已经出嫁
旧年的春色寄慰了爱情
一种清脆响亮的鸟鸣
寻找一处荫凉
花满枝头
依然挂着单薄的梦想
花树下
惊蛰的身影被阳光消瘦

岁月无痕

我们的誓言
在生活的艰辛中颓废
我们的相思
在岁月的风雨中迟钝
我们的美丽
在时间的记忆中模糊
我们的理想
在无有秩序中崩溃
亲爱的
我送你什么礼物
满脸的沧桑
还是一身的疲惫
那清明的情
已覆盖厚厚的尘埃
一缕温暖的阳光
一棵青草或者一片绿叶
总让我驻足回眸
穿过长长的朦胧的时光
回眸桃树下
你年轻的身影
我总看见
人面桃花
还有你的叹息你的惆怅

绝望者

(一)

夜的黑色擦着我的眼瞳
远处传来紊乱的鸡鸣
轻抚她的梦乡
害怕黎明到来
表面上我平静地躺着
脑海里却有无数列火车呼啸而过
呼啸而过
白天和黑夜在瞬息之间
而我宁愿黑夜永远持续
这样就不会看到白天的事物
不会看到一张张脸孔
还有那个心爱的女人
而最不能容忍的
是半睡半醒的状态
不能睡得踏实
不怪我
不能完全清醒
也不怪我

(二)

黑夜,我注定失眠
白天,我注定不清醒
我是一朵绽放的花
将所有美好呈现在你面前

你周身也曾落满芬芳
而你依然起身离去
将绝望留给我坚守

你的手

你的手
一只是精神
一只是物质
都是我的信念

墙的一边是北方
另一边
是南方
你的手
清晰可见
又遥不可触

第二辑　思念我的家乡

晨醒

早晨醒来
阳光已吻我很久
轻轻推开窗户
昨晚的梦便从窗口悄悄溜走
一声清亮的鸟鸣回绕在树枝上
乡音一样
缠绕心头

门神

帝王的门卫
盖世的英雄
何时流落到农家
明君已亡
是否还有守候不了的夙愿
哦,对了
君者,舟也
民者,水也
所以你来到了农家

灶爷

灶爷到天上汇报农事
大帝惊奇地叹道
可怜的下属们
说说吧
你们的差别竟如此之大？

年

年是母亲提着的灯笼
照亮远方
我便映着灯光回家

一年的心情
贴在冷冷的窗格上
穿上精美的窗花
抱着火炉
年便是那跳跃的火苗
温馨了整个冬

有时红红的太阳烤热了脸蛋
看着吧嗒吧嗒滴下的雪檐水
那便是年正一点一点地消失
寂寞的春悄悄走来

旱情

白云,像各奔四方的人儿
依依掠过大地
风啊,像飘荡的浪人
没有归根
太阳,仅仅存在于干燥
显示它的至高无上

谁来守候抚爱这片土地
孤独痴情的农人啊
还在期待雨露的约期

离开家乡的时候

离开家乡的时候
薄薄的白云正依依掠过大地
广阔浅淡的蓝天下
牛儿悠闲地走在饮泉的路上

麦子已成熟
那样地弱不禁风
在清晨的清风中
温柔地低下头来

离开家乡的时候
风啊，灌满了空房
吹醒了梦秋的人儿
那时的夜晚还在辉煌
梦想已在心中发芽

想起家乡的时候

想起家乡的时候
那夕阳背后
天边丝丝闲游的白云
是否飘过家乡的额头

我那渺小的心儿
不知躲在何方
忘却多少相隔的人群
偷偷地想象
满山狗菊花开了
孩子采摘一束奔向妈妈

想起家乡的时候
我的名誉和生活那样脆弱
仅仅剩下忧伤,还是忧伤

疯女人

别再笑了
苦命的山妈
你的女儿已哭了很久
她还要去上学呀!

别再哭了
善良的山妈
你的丈夫瘦若一根枯柴
布谷鸟正叫得急呀!

我的名字叫豆豆
你怎么忘了呢?
风很大
系好你的纽扣
理顺你的乱发
进屋去吧!

进屋去吧
杏花正开着艳灿
燕子低低划过屋檐
山坡上长满青草芽
进屋去吧
我可怜的山妈

土地

最守信用的是土地
最老实朴素的是土地
它用瘦削的肩膀
一边是母亲的慈祥
一边是父亲的坚毅
挑起一个家庭的希望

土地养大的儿女啊
却越来越嫌弃土地的贫穷
他们远走他乡
有什么比这更心伤
土地想
我怎样才能满足儿女们的愿望

雾

雾是童年清冷的早晨单薄的衣衫
是母亲和婶姨们拉不完的家常
那双破布鞋
在蒙蒙秋雨和雾中
脱了底,这时
雾又是母亲絮絮叨叨的责难

回家

有时候不经意太阳在天上
有时候不经意已日落西山
可正当太阳西下时
怎能不经意呢?

那灯笼般的夕阳
任西风吹不灭
那团火热的情
迎着夕阳回家
家在夕阳背后

父亲的心事

用艰辛和疾病将自己裹得严严实实
从不让儿女窥透他的内心世界
他的目光和表情
如一堆沉积的沙砾
沉郁而厚重
散发着坚硬的光芒
他对儿女的威厉
如同一座不容置疑的大山
儿女小心谨慎地长大
他对儿女的关爱
像初春的消雪
无声得使儿女不易觉察
脆弱得使儿女不知所措
他总是对着孙子和儿女说话
却永远说不清自己的心事

父亲

父亲是西部的山
一座荒僻而执着的山
厚厚的黄土
总长不出殷实的庄稼
父亲是西部的牛
一头使尽全身力气时瞪圆了眼睛喘着粗气的牛
总不肯吭一声
父亲是西部的雪
质朴而大气
像抚在孩子头上的手掌
覆盖着大地

雨夜

雨洒落在树叶和草丛中
带着风声
真正睡觉的人
有充足的理由紧捂被窝
这个过程悠长而平素

很久以前
细雨打在屋瓦上
渗透出母亲柔和的目光和山村的寂静
檐水溅湿了农人奢侈而零散的夜话
如今雨跌打在楼顶和水泥地上
我全神贯注体会它的心情——
母亲聆听着窗外的风雨声
她又将彻夜难眠

妈妈的汗水

妈妈的汗水
是天上的星星
挂满了人间
编织着摇篮的童梦
是大海里捞上来的珍珠
滴到土地上
发出敲击金子的声音
妈妈的汗水
是麦浪上的浪花
滚动着太阳
流动出五彩缤纷
是一年一度的礼物
送走了日子
送给我一年一度的明白
妈妈的汗水
是我身上的翅膀
长大了
我飞向远方

母亲（一）

我的心怎样长大
远离你的目光
母亲
天空的鸟翼无力冲破遥远
我的心无力挣扎
触摸你的脸庞
母亲
时光和景物虽朴素已久
但我可怕和无奈
母亲
可怕在飘逝的风中寻找
你的絮语和目光
母亲
一万年太久
可朝夕里我又太贫穷
母亲
只有徒伤地拥抱
从你身上匆匆溜走的年龄
母亲

母亲（二）

春暖花开了
母亲
希望你的病痛能减轻
鸟鸣清亮了
母亲
希望你的牵挂能少些
去看看杏花吧
母亲
你会想起带我们吃杏子的情景
去看看麦青吧
母亲
你会想起我们捉麦牛的游戏
去看看山花吧
母亲
那里留下我们快乐的笑语

如果时间能倒流
母亲
我绝不离开家乡
离开你身边
如果我能重新从少年开始
母亲
我不会去考大学
不会去城市生活
不会去买房子
我会好好给你看病

又一年春暖花开了
母亲
我对着一树杏花
默默流泪

盼春

春节刚过
老人想象红红的太阳
一群年轻的农民
瞥了一眼残皱的春联
那个工地是否解冻

思念家乡

多情的阳光
在闲暇的日子
来到床头
问候我身体可好
为何不写一封家书
麦黄六月
劳累的牵挂
凉夜里
刚刚放平的脊梁
听到夜鸟的啼啾

目光收起点点晨曦
在阳光脚下
呼吸山顶的清绿
此刻的家乡
刚刚洗完归去而惊喜的梦
用同样新鲜的口气
预言今天的希望

八月十五·雨夜

今夜
谁找不到家乡
找不到遥远的亲人
偷偷躲在云层后面
伤心哭泣
把孤寂无从寄放
今夜
谁的泪湿散了
圆圆的月饼
把昏暗的灯光
投向茫茫冷雨的山林
寻求温暖的一隅

小脚二奶奶

那双小脚
是一双不生锈的耕犁
年年播种我们的成长
那双小脚
使人想起古老的舞蹈
生活也因此充满了舞蹈的含义

小脚负荷我们太重的身体
留下的足印就更深
我们没有辜负小脚和土地摩擦的声音
现在，小脚该放下来
让我们精心打扮
并且，应该怎样爱惜
这将永远消失的小脚

流浪人

流浪人长着一双翅膀
羽毛是家乡的嫁妆
流浪的路费何以开销
两项愁肠
一项摘下,片片羽毛寄给家乡
一项相思,酿成美酒留给心上的姑娘

流浪人休息时
将一节一节心情
用姑娘的柔发,家乡的泥土
牢牢连接上
拍拍附在上面的人群
串起许许多多的城市和山梁

浪浪人背着一串城市和山梁
越来越找不到流浪的地方
流浪人濒临一片水乡
心上姑娘亦若在水中央
却到处漂着纸币的渡航
流浪人找不到心上姑娘和家乡而极度悲伤
最后流浪人去到市场
割下一两自己的灵魂
换回两枚邮票
将最后一片羽毛寄给家乡
最后一滴相思寄给没有地址的姑娘

关于夏收

把心横在田埂上
任野草青青
把汗水滋生在风雨里
这样大度地挥霍
把收获挑起来
一端是青春
一端是硕硕乳房
扁担永远年壮

我的堂妹

贫穷的罪恶多么深重
将美好的现在美好的未来
活生生地吞噬
我的堂妹是七十年代的女郎
可她做了贫穷的奴隶

她有考上大学的信心
她有拥抱灿烂人生的希望
可她刚上到高三
便被迫骑上驴背做了新娘
大红大红啊
她心里的血在流淌

早晨的挑夫

在某个地方的早晨
太阳刚刚冒出光华
我看到很多挑夫
他们的脸上充满坚毅和希望
步伐矫健而有力量
他们坚硬的额头和担钩上
太阳照出许多亮点
这时候浮躁的尘嚣还在梦乡
空气在他们身旁清新流畅

这些朴素的挑夫
这些实实在在的挑夫
他们的生活就像朴素的积土成山
滴水成江
这使我的旅途不再迷茫
心儿不再彷徨
我加快了步伐
浑身充满朝气阳刚

寻找回家的路

（一）

那是黄土高坡
那是沟沟岔岔
梁梁山山
那是荒废的沟泉
蓑草淹埋的羊肠小径
那是寂寞的坡
任其荒老的湾
春草青了枯了
山风吹了熄了
太阳照了落了
偶尔弹飞的野鸡
跳奔的野兔
表达着不可名状的情绪

（二）

枯荣的草
无声无息地覆盖了
重重叠叠的童年
牛儿的铃铛声，羊儿的叫声
还有孩童的嬉闹声
被年复一年风干
渗入黄土
生长漫山遍野的惆怅和悲凉

(三)

寂寞的风
吹瘦了田间凋零的劳作
土地卑微地沉默
与老人一道
回味昔日的欣荣
唯一不变的
是各色的山花

(四)

这里还有粉云杏林
青青杨柳
花树下斜倚着村姑的影子
如一朵杏花
娇羞了整个春天

第三辑　生命·时间·彷徨

爱生命，爱时间（组诗）

春天真的来了

我被迫从冬眠中醒来
发现时间已经融化（其实时间从未冻结）
这使我的无奈更加重
就像我一直计划吹灭一颗星星

现在春天真的来了
时间穿得越来越少
露出使人绝望的身段

时间的细胞

太阳
是时间点亮的一盏灯
又照亮了时间的细胞
时间的每一颗细胞
足以毁灭一个宇宙
或者，重塑一个宇宙

植 树

没有完整没有尽头的绿中
一树桃花
正无声地绽放
绽放出红的空气
与太阳一道
化妆时间的容颜
两个女人
站在桃树下
她们是时间产的
两枚卵

挖开带着生命根须的泥土
将我的诗心和精神植入其中
我相信
将来我也会生长成一棵树
周而复始的芳菲
使时间满含香气

将爱情植在桃树下

我将年轻的爱情植在桃树下
然后看着每春的桃花苍老
时间的火焰
将我的苍老化为灰烬

去天堂

浩荡的春风在耳边呼啸
去天堂吧,去天堂
时间在那里睡眠
生命在那里卸下时间的重负

爱生命,爱时间

那个下午
时间被阳光照得空明
我的每颗细胞
在时间的水域游泳
时间给予它营养
这时
我正想着一些最平常的事
时间在微笑
我的思想
收藏在它深邃的眼中

时间在惩罚我

我正生活在三月
已到五月
我正生活在五月

嗷寒锁梦

已到七月
我正生活在七月
已到了年终
怎么一年短了半截?
原来
时间在惩罚我

吴山古柏

二十年前
我拜访他们时
他们正对着夕阳
说着一句话——
我爱你

二十年后
我再拜访他们时
那句话
才说到爱字

吴山

一群老树
守候着一个苍老而廉价的故事

有人坐在老树下
如同一棵小草
欲言又止
默默忍受与树的孤独
有人仰望着老树
他们的目光
如同一把利斧
砍伤了老树的心情

登高而感

满目黄冈
无量北风
苍山隐隐
天穹之大极极
万物竞伫默
枯树枝头
臃臃生灵
纷说八荒

黄山几度吞夕阳
只是黄壑增深
嚣嚣青烟漫漫
多少病老叹息
生之朦胧
几分缘由
足以调顾南北
望断天涯

鸟的代言

鸟为自由的天空歌唱
为绿色的阳光歌唱
为他们的童话歌唱
而不避猎枪黑口

鸟在昊天激荡
铁的翅膀生长
古老的骨风浩气

鸟在黑暗的叶罅间呢喃
为爱情筑造香巢
为真正的自由
而不惧暴风闪电的袭击

四面楚歌·虞姬

帐房被黑色压着,压着
虞姬已感觉到
一群幽灵从远处拢来
霸王坚毅的目光
使她脸上依然流溢着美丽的故事

将泪水和爱情
化作永恒,和入一杯香酒
那些幽灵近了,近了
发出狼的呜咽
像泪在遍身流淌,凝固
幽灵的锋芒已刺到皮肤
虞姬目空一切,静若止水
悠悠舞动双剑
剑光照亮了历史的黑夜

秋

（一）

姑娘的脸蛋趋于浅淡
享受着秋的成熟
农人悠闲地
踏秋膜拜
秋的丰富和诙谐多彩
一切都像心领神会
不言而喻

飞鸟悄然掠过天空
静静的如爱人的柔发
软软地系住
天空和大地

（二）

秋是路旁一棵树
结下一种缘
岁岁总相识
虽尘土飞扬
遮不住她清澈的情

秋是河边一颗石
沉默于永远的悲凉
看秋水最老实地流淌
无动于炎夏与春色

(三)

秋,火烧枯禾
庄稼失去珍贵的一切
身躯被焚毁的最后一声叹息
看到
鸟儿们,找到了真绿
纵然真绿发暗
那是多么优美的心愿

(四)

听吧
鸟鸣或许单调
如同童声
悠然贴近心情

河水隐隐,无声无息
或者拍击透明的佛花
有谁体验到
石头生命的境界

水泊明明点点
月光冷清
与九天游云
表达思想

谁人站在岸边

傲寒锁梦

为着圆满生命惶恐不安
为不能摆脱

人间灯火阑珊
将多变的生命
放在模糊的尘世中
寻找天平

执着

我将生命的执着置于很高
不为自己
也不是一味单纯
我的肉体在低谷爬行
当人们忙碌得忘却真善美丑
我的执着那样渺小
涩于言辞
就像黑夜的萤火
只能照亮自己
但我可以看到
当事物被封起本真
人们的思想已变得虚幻
或许那不是故意
但隐匿了大声疾呼
代之可怕的哂笑

沉寂的角落
存放着闪烁着光芒的书籍
封面上有思想家的头颅
目光炯炯
却穿不透金钱的墙
还有奔驰的列车
翱翔的飞机
内脏并不代表文明
而乱窜的小轿车
有多少是大地的蛀虫
侵蚀人们的灵魂
于是有人将灵魂无知地丢弃

使自己心神不宁
或惶惶不可终日

谁还会相信意念的约定
上帝将灵魂挂在天边
无忧无虑地睡着大觉
永远听不到无力的呼唤
天边刮风，天边下雨
有人说那是人间多余的事情
精神的河床已经干涸
大小生灵争饮一洼积水
顾不及防范深陷泥潭的鳄鱼
鳄鱼最后挣扎的渴求
最终在眼泪中坐成骨架
永远梦想着清澈的水域

我乞求一场厚雪的封冻
乞求冰川的融化
将我的执着
化作一枚雪花
千万朵雪花
虽然我的执着
随时会被闪电击灭
被烈日消融
但我始终置于很高
哪怕我的肉体愈加痛苦
就像森林的幽远涵深
和地上的腐枝

校园正在诉说

校园正在诉说
沉默使它忍受深深的隐痛

校园正在诉说
所有的赞誉
像腐败的花枝
在淫雨中沾满污泥
正如光明给了某些人光明的眼睛
他却用它去寻找黑暗
用最笨拙的方式
将假话说成真话
将真话说成假话
用权力证明真假互换

校园正在诉说
支撑门面的脊梁
是那些胆怯的老实人
他们用惯性的执着
迎接太阳升起
或在静夜
将良知敞开
接受月光洗涤，天籁升华
成为寻找黑暗者的光环和
路标
他们的异想天开
很少萌芽
偶然听说关于腐败的事情
只是惊讶于相隔遥远的谎言

校园正在诉说
黑夜是现实,智者
白天是虚幻,弱者
那些胆怯的老实人
面对米面和廉价的知识
面对省吃俭用的日子
将精神的家园置于何处

校园正在诉说
她已负荷不动
肆意挥霍的怨愤
禁不住一些童心
秋叶一样发黄,脱落
像母亲失去儿女
在大海中漂泊
找不到心灵的依托
或被侮辱后的污淖不堪
痛着心
愧对初衷

校园正在诉说
谁来还她宁静的心灵
富有的神圣

生命境界

（一）

冥冥中生命幽怨地诀别
让一切化作意念循离地球
达到宇宙深处
离别时依然生出丝丝戚惜

将肉体平放于渺茫中
无限扩散
让宇宙的微粒
渗透每个细胞
还是抹不去几许忧伤
从天际传来远古的音乐
弥散了彻天的悲凉
一个永远活着的母亲的忠告
阐释着生命大道的无语

其实宇宙可以忽略小小的地球
可是啊
那里有着生命

（二）

最逼真最动人的事总发生着
只是我们很难寻求
所质疑的一切
总在无时无刻自我阐释着

只是我们很难认识
让生命走出自我达到完美境界

　　　　　　(三)

我的灵魂在清谷游荡
以溪水沐浴生命
他的皮肤散发鲜花的郁香
脸庞在阳光里盛开明媚
葱茏的树木
幽深到他的内心
他的呼吸那样清香
他伸手掬一捧白云
洒在流水的雾中
潮湿了金子般明明闪闪的鸟鸣

我的灵魂在清谷游荡
他的游荡
和流水一样
产生着健康
闪现生命的绮丽之光

我的灵魂在清谷游荡
他的游荡
消失在每片叶，每瓣花
消失在流水的每个音节上
消失在生长阳光和生命的清谷
消失在万水千山隔断的地方

腐朽

那么多人披着阳光的衣服生活
阳光会随便刺痛眼睛、耳朵
或者其他触角
除过黑夜
阳光的照射使人不寒而栗
缩头缩脑
唯恐踏上地雷一样
窒息着呼喊

就连鸟鸣也在寻找一处荫凉

春感

（一）

当你听见鸟鸣是春的精神
阳光是春的温情
花韵是春的眼神
煦风是春的香甜的气息
你的心灵依然芬芳
你依然在期盼年少的脆弱的
梦想

（二）

春是滚滚的雷
热烈而激情
促使我用卑微的目光触摸
她的音容
在惊叹中缩回
复萌的心情
我苦闷地闭上双眼
倾听鸟儿透明的鸣啼
麦苗正浓烈地传播着绿韵
山花竞相展现生命的奇异
我在风中形容枯消
脱落了多少优美的青丝

这时一些事物在身边经过
使我再也无法弥补
这珍贵的流失

等待

等待远去的人不期而遇
带着昔日与泪水流出的爱
与秋叶一起飘零的叹息
与心事一起睡眠的娇容
与花开一起来临的期盼

等待精神回家
说出真实的话语
呼吸真实的空气
仰望真实的天空
沐浴真实的阳光
迈出真实的步伐
触摸真实的体温
……

等待枯萎的理想重新发芽
让生命不再懦弱于时光的流逝
让时光的流逝不再卑微生命的成长
让头颅在阳光中不再低下
让汗水渗入肥沃的土壤
让语言传达温暖的声音

走在阳光下

走在阳光下
听到到处伤口愈合的声音
使眼眶湿润
披着阳光的,踩着阳光的
像兄弟一样
此时都想起共同的母亲

春的意象

千万棵桃李
像学会了呼吸
吐出无数朵花
掩映着大地村庄
一夜之间
又变成纷扬悠漫的柳絮

面对夕阳

面对夕阳
我是一棵小草或者
一片绿叶
沐浴无量的智慧
没有喜怒哀乐,没有嘲讽幽怨
那样的沉寂,悄然无声
明天早上
我依然是一棵小草或者
一片绿叶

春天已经过去

春天已经过去
人们从梦中醒来
我的梦短暂而无深意
甚至没有真实的内容

看到那些像夏天疯长的草木一样的
睫眉、目光、青发和心情
我驻足于时间冷冷的眼神中

秘书

一个疲倦的搬运工
不知疲倦地搬运着几十亿立方米的方块汉字
有些词汇他每天扛在肩上
有些词汇只是和他默默伫立
默默相视

从没走出那山一样高的方块汉字
外界的一切对他充满威胁
比如阳光
像无数支烧红的针
刺痛他每一根神经

自白（一）

你是否走进一个苍白的世界
看不到蓝天和绿水
听不到鸟鸣和歌唱
你的心灵渐渐失去光泽
只有那忧郁的双眼
满含朦胧而丰富的事物

你这可怜的人啊
用自己懦弱的身躯
背起妻子儿子的谎言
踽踽独行
寻找虚荣浮躁的粮食

梦中一颗流星闪过
可你还在黑夜里爬行

自白(二)

当我沦落为赌徒
臭名昭著于满村
当我还奢望相好一个少女
——我相信还有那份魅力
当我不再挑逗可爱的小孩
不再怜爱幼小的动物
我的心灵已封满厚厚的尘土
男人女人心满意足地走过
还要用善良的口吻
骂我是流氓
维护了正义的虚伪

无题

（一）

在很多的十字路口
由时间推着
不由自主前行
无形的力量
脱落了绿叶、花瓣
还有梦想

驻足回眸
唯有孤独的足迹
使人心疼
真假难辨的路
使人心寒

（二）

如果说
一株花是一个人的心事
你会感受到它的清芬、幽兰
以及它圣洁的光晕
那么
整个春天会是什么？

在阳光的一隅

在阳光的一隅
安静地沐浴我的灵魂
虽然只是片刻的安静

我让灵魂的细胞
在阳光中自由地洗澡
洗掉长途跋涉的疲劳
洗掉无奈的忧伤

我让灵魂的细胞
享受这无比的温暖
享受这无比的真实
虽然远处有绝对的聒噪
但也打破不了我的宁静

我闭上眼睛
阳光便通向了天堂

黛玉葬花

每瓣花
渗透了你的心事
你的心事随春水流逝
随东风飘飞
即使你埋入泥土
又生长发芽新的心事
你的锦囊能装住往年的花容
却装不住你往年的明媚鲜妍
你的明媚鲜妍
是青春的灵魂
在春花秋雨中
流淌
忧伤了无数个心情
惆怅了无数个日子
卷一帘叹息
竹叶上落满千万层愁绪
孤独而无声
在遥遥烛光里
向谁倾诉
你的恨和痛
只和繁华隔着一重不可逾越的门
你的哽咽和眼泪
使睡眠的树叶和夜鸟颤栗
长长的夜啊
黎明是天的尽头

怀念逝者

冬季已渐渐消散
你的第三十七个春天已抚摩到世事的脸庞
枯草丛中散发出碎花的光晕
雨丝飘散着淡淡的潮湿
时隔不久
春天会与我们朝夕相处
赐予我们轻松的身体和愉快的心情
孩子甩着辫子或拿着压岁钱向学校跑去
老人顶着满树的桃花回忆太多的往事
然而这一切在你的记忆里多么模糊
你睡得那样沉寂
好像春天带给你太繁重的情感和生活的重担
压得你喘不过气来

随风而游

随风而游
时间的累赘
空间的累赘
化作齑粉
被风抛却、扩散、消失
前方,一丝不挂

风为至高无上的信念
无所顾忌
山的生命
树的生命,绿的生命
短暂——永恒
清新乌虚的风
或者一个偶然的时间
或者一个昙花一现的空间
没有方向,坐标
没有时间
随风而游
生命极致的境界
生命的毫无语言的风

少奇同志

中央领导这样称呼你
人民群众这样称呼你
这是对一个真正的共产党员的称呼
对一个纯粹的人的称呼
是全心全意服务人民的符号

中小学课本里一度很少见到你
你曾消失在历史的记忆中
与几代人形同陌路

在历史的长河中
你留下最真实的足迹
留下真理的常青树
总有人珍藏着你金子般的精神

当历史远去
我们才真正走近你
当历史远去
你才真正向我们亲切走来

初雪

是因为等得太久
你才显得那样尊贵
还记得童年的女孩吗
如今出落得清芬娴雅
我打开窗户
你飘到我的胸口
我知道
怎能留得住
岁月中流逝的明媚鲜妍

二〇〇六年元旦

让街市的浮光掠影沉淀下来
让时间减轻负重
让等待不再孤独
让我看到你的眼泪
或者
让你看到我的眼泪
把忧伤的时光翻开晾晒一下吧
闻闻渗入泥土的落花的余香吧
用最温暖的手抚摩耿耿长夜吧
重新贴上秋雨打湿的窗花吧

初冬的阳光明媚灿烂

初冬的阳光明媚灿烂
修补缺失的理想
天空高处
生长
蓝色的静音
鸟掠过自由的心脏

初冬的阳光明媚灿烂
树静谧地祈祷
荒草进入梦乡
河溪留下倩影

初冬的阳光明媚灿烂
灵魂的细胞在阳光中洗澡
然后跳起传统的舞蹈
流星一闪即逝

窗前有盆杜鹃

窗前有盆杜鹃
我将它想象成一棵参天大树
我就居住在它的根部
它的叶是常青的
无须渴望在风中飞翔
它的花是再生的
无须在意花落的忧伤
它的枝干是古朴的
无须追求刻意的装饰
它的土壤是贫瘠的
无须奢望污染伴生的肥沃

秋凉

风撕碎树的尊严
叶子卷起飞扬的青春
荒草漫过大雁的投影
游云找不到归乡的旅程
纯净的阳光照在昔日的村庄
村庄晾晒着发霉的理想

孤独

黑夜已睡着
我还醒着
没有色彩
没有物象
黑色贴着我的眼瞳
又遥无边际
我与谁对话

祖先的灵魂在黑暗中游泳
黑色的浪花打湿了我黑色的头发
祖母送我一朵黑色的花
我进入五彩的梦乡

我的眼睛

我的眼睛藏在眼镜后面
它的目光具有玻璃的性质——
坚硬、透明、宁摧不折
有时,只看到变形的事物
或者,不太清晰的事物
如果碎了
会刺得心滴血
为了看到光明
我的眼睛善于伪装自己
只有没有其他眼睛时
才露出真面目
我的眼睛装满了各色各样的眼光
沉淀了厚厚的风霜花月
它以阳光为营养
生长出太多繁荣的泪水
那是爱和善的果实

雪

你肯定知道上帝说的第一句话
肯定知道天堂最初的颜色
肯定知道时间发芽生长的过程
然而你却永久地悄无声息
是不可破译的天籁之音

所有的生命震慑于你的白
所有的生命震慑于你的静
所有的生命震慑于你来自天穹的博大从容
就连癌细胞也噤若寒蝉

我为什么忧郁

我的忧郁是一团
蓝焰,烘烤我的五脏六腑
照亮那些
高高扬起的尊贵的脸
为了不让我犯下世俗的
罪恶,痛苦逼迫我
坚决地低下
头

我为什么忧郁啊?

我为芳菲埋入荒草
碾玉为尘
而忧郁

我为上帝的虚无
弥天的谎言
而忧郁

我为绿涩红消
秃了生命
而忧郁

我为什么忧郁啊?

独自等待

秋色单调而充满忧郁
已有枯叶落下
一棵树因独自等待而隐隐作痛

风很凉
阳光静而成熟得透明
一棵树在很多时候
仅仅作为其他树的朋友
或者其他什么身份
而忽略了自己的心思

在与树的互相关照中独自等待
在与树的离别中独自等待
它为自己的暗恋付出了一切
终于明白
独自等待的过程
就像静而成熟得透明的阳光

失衡

当通向理想的路被艰辛的生活隔断
当富人的手贴近生活
当美女抛出一脉秋波
当权力生长出繁盛的物质
失衡便成了一个主题

柳絮飞

是点点晶莹的清愁
阳光照亮心房
无奈的飘泊
蓦然回首
却找不到家园的方向

穿山渡水
阅尽人间春色
是宋词里的女子
终究不知身归何处

我总是做不好一个人

我总是做不好一个人
做不好一个为父母的儿子
让他们在病痛中生活
在孤独中老去
我真的想打扮漂亮他们晚年的时光
可我办不到

我总是做不好一个人
做不好一个为妻子的丈夫
她总是精打细算地过日子
时光在精打细算中爬满皱纹
我真的希望她留住年轻和美丽
可我办不到

我总是做不好一个人
做不好为儿子的父亲
他有时懂事得让人心痛
我偷偷地望着他微笑
将内疚深深埋在心底

我总是做不好一个人
做不好亲戚和朋友的身份
总是答应他们托办的事情
却难为情地左顾右盼
将自尊和尊严折去一半

我总是做不好一个人
做不好一个合格的公务员
虽然公务十分繁忙
可我心中往往失衡

我总是做不好一个人

135

闲想

青竹翠柏
那些颜色
一岁一枯荣
我将一年一度的年龄
冻结渐渐平息的心海
将热泪和金子一样的心
放在煦煦的暖阳下升华
铺洒在麦田和树根旁
和草木一道发芽
看着草木生长
一条涓涓细流
无休无息流淌
在阳光下闪亮

孤独

名利江水般滔滔而过
等待的时间马群般滚滚狂奔
我站在旷野的荆丛中
一手牵着爱人
一手牵着儿子
遥望远方的父母

空落的厂房

零落的玻璃窗
伤口一样
透出褐色皮肤的深沉

花园荒芜着
鲜花、裙裾、朗朗笑语、机器声
往昔的理想
一位老人悠悠走过院子
厂房有些激动的神情
有人心灵悸动了
悸动偌大厂房执着的向往

远方亮起灯光
老人消失了影子
没有人的厂房
忍受夜的漫长

远处一声爆石的巨响

寻春

满含清愁的花絮
揣一沓青春的空头支票
被风吹落枝头
随水波逐流
虽一尘不染
却身不由己
带着相思人无限的眷恋
永不回头
相思人站在岸边
站落了一树残叶

梦呓

山峦成了险恶的思维
太阳成了发红的眼睛
鸟鸣成了饥饿的咒语
人群成了躁动的浮尘
天空成了囚笼
大地成了灵魂买卖的市场

天晴了
它在老死
天阴了
它在发霉
来风了
它随风倒下
来雨了
它仰天狂饮

所有的草木呆呆地立着
它们的祖先被侮辱
它们的财富被剽窃
它们的头顶被压平
它们的目光被毁坏
它们的嘴巴失去权利
它们的耳朵被当成艺术品
它们的思想被迫逃走
它们的脚下生了皮肤病
所有的树木呆呆地立着

在黑夜

在空气呼吸的间隙里
谁的灵魂在恐惧
谁的灵魂在颤抖
谁的灵魂在哀吟
谁的灵魂在嚎啕
谁的灵魂在大呼
谁的灵魂在上吊

云层上界的光芒
死亡的美丽所哺育的金黄的光芒
怎能报答真善的恩情
怎能知道自己存在的过程

清晨

清晨
锄头与土壤和出清越音韵
绿色
孕育花的光泽
阳光从遥远走来
与人们、鸟们握手相拥
农人弯下腰去
一种田野的魅力

一个女人牵着孩子
从清晨的浅淡处走来
走向四处舞蹈的大地

年轻的友情与爱情

于三十岁的旋涡回首
远处闪光的亮点
年轻的友情与爱情
深山流出的清溪
太阳赋予的光芒
照亮三十岁近处的眼睛
重新看到生命的赤裸

那些友情与爱情
埋在红尘深处的真金
感到永远富有和生命的依靠
使我更加怜爱幼小的动物
赞美新生的婴儿
祝福新婚的伉俪
崇敬工作一辈子的老人和
报答我的双亲

那些友情与爱情
永远是裙裾织成的艳丽的春天
像山泉散发的眼波
野花一样心扉拥有的芳香
代表了世界的优美
使我永远向往，充满神秘
心灵颤动
绽放开生命内心的花蕊
灿烂了真实的时空

背叛

诗人的气息
似一股寒流
毅然逼近
很多人感受着他的突兀

诗人蜷缩着身体
让思想茁壮生长
在现实肥沃的土地上
只剩下一具空皮囊

城市印象

传输带一样的街道
传送着尾气、噪音
各种各样的心境……
从一座高楼吐出
又被一座高楼吞没

一张脸在车窗显现
像一朵白莲
为什么不生长在青山绿水边

生存状态

(一)

鱼抚摩着树的脸庞
树就感动得泪流满面
树是那样的脆弱
很容易失去青春
在风中无助地苍老
风贴着地面奔跑
被石头撞得四分五裂
粉碎了它风起云涌的梦想
石头站在时间的心脏
直到头颅裂缝
还在思考

(二)

一棵酸枣树
幻想着繁茂的绿叶和鲜艳夺目的果实

一只丑陋的蚊子
体内流淌着富贵的血液
一条摇曳的藤蔓
正在努力靠近一棵大树
……

(三)

太阳很红
但温度不高

我们说话
我们握手
我们把樽敬饮
精神孤独地站立一旁

(四)

为了存在
每个生命，支离破碎
完整
意味着被推向边缘
还要承受
贫穷、卑贱、嘲讽……

用金丝串起生命的碎片
在空中飘着
越高越好
这即是目标和追求

其实
幸福贴着地面
真情植根泥土

云水禅心

你在云边你在水边
飘飘渺渺
若不存在却感受到你的沐浴
若存在只不见踪迹

我将思念氤染了青山
我将执着发扬了空明
我将苦难流作潺潺清溪
剩下幸福
敞开心扉
回报你的恩赐

春满人间

当我回过神来
已春满人间
这姹紫嫣红,风情万种
一年年复始
一年年新鲜
独对一片破旧的心情
不再惊慌失措

我用整整十年
忘却落红阵阵
似水流年
让所有梦想长满皱纹
让所有相思爬满青苔

牵着春天的手

你总是惊喜于一树花的绽放
我将心情栖息在花枝上
真的
还有什么值得灵魂休憩的地方

我们走过灰寒的冬
还有冷峭的早春
终于披上芬芳的阳光

七彩云南

好的玉是透明的
就像一个人的心
一眼被看穿

好的玉需细细品味
就像一个人的心
一眼未必能看准

好的玉是有灵的
就像一个人的心
何须将心眼都堵死

好的玉是无价的
就像一个人的心
最重要的
是有意,还是无意
或者
有心后补

至于普洱茶、精油、干花等
都无关紧要

丽江古城

置身于迷茫中
丢魂落魄的街道
被失意的时光顽强地笼罩着

小桥、流水、鲜花、酒吧
充溢着诡秘而忧伤的心事
身影沉重地重叠着脚印
目光无味地咀嚼着景物
一颗心躲着一颗心
一颗心又追着一颗心
一口诱惑的陷阱
将半生的梦吞噬

洱海

下关风吹上关花
洱海月照苍山雪

独倚船头
忘却了人生的速度和
身后的繁华
任凭太阳照着
海风吹着

面对广阔浩波
把温柔似水埋葬吧
把一切爱
一切欲望沉入海底吧

只剩一身空皮囊
如一枚枯叶
永远漂泊在苍茫中

蝴蝶泉

泉水已枯竭
也没有纷纷扬扬五彩缤纷的蝴蝶群
刻骨的爱情已成传说
空留下树木森森
娇花冉冉

我一次次扪心自问
林荫道上水泥路
枯泉周边的雕栏石阶
这功利的装饰
还有乱哄哄
你方唱罢我登场的人群
使内心失去了什么

蝴蝶泉呀蝴蝶泉
爱情的圣地
恍若一场隔夜的梦

漓江

一往深情的漓水
干净地绿，纯粹地绿
一心一意地绿
它的执着
感动着两岸的百花万木
那样明媚鲜妍
那样葱郁深沉
哦，这一往深情啊
它的执着
温柔了远远近近的群峰
淡淡的，嫩嫩的
为一往深情的漓水
而诗情画意
而幻若仙境

一种心情
一袭樱红
生动了整个漓江
哦，这一往深情的漓水
令多少人碎断心肠
悲喜交集

写在二〇一二年元旦之际

如果你是一棵树
只是增加了一层年轮
请不要埋怨
虽然仍生长在荒郊僻壤
但你不曾卑躬屈膝
不曾有过黑色的交易

如果你是一棵草
请不要埋怨
虽然已经枯黄
没有任何的引人注目
但你的根仍深扎泥土
未曾受到污染

请相信
总有不变的事物
比如阳光
它拒绝任何腐蚀
照亮每张尊卑贵贱的脸
比如
一张珍藏的年轻的旧照片
将青春装进相册
忘记了时光的老去

葬

初冬的下午
阳光煦暖
坡上草木依然葱茏
一簇簇灿黄的野菊花
照耀着灵魂

带着最后一片阳光
最后一片绿叶
还有庄稼最后的颜色
这是一生最大的礼物
平静地躺入地下

土是干净的
哭声是干净的

那些下葬的农人
朴素得如同野草
无所谓从生到死
他们的笑声也是干净的

好好晒自己

从现在开始
我要抓住每个晴天
好好晒自己
晒我的膝盖
它因向权力折跪太久而作疼
晒我的眼睛
因长期看脸色行事而朦胧
晒我的嘴
好多时候口是心非
牙和舌
已咀嚼不出生活的味道
晒我的耳朵
里面填满了语言的垃圾
晒我的双手
多少劳动毫无意义
晒我的脚
从家里到单位
很少真正站在地面上
多少年没触摸到土
晒我的心
良知被病魔慢慢蚕食
晒我的肺
香烟的焦油使它乌黑
晒我的胃
吃了太多尊卑贵贱为佐料的大餐
很难容下五谷杂粮
晒我的皮肤
让它散发阳光的味道
晒我的每一粒细胞
晒呀晒
直到有一天
你看到
我也是一缕阳光

傍晚登凤山

周身被绿蕴染
目光被绿浸透
绿被呼吸到内心
染绿每粒细胞

叶梢抚过眉梢
绿从叶片渗出
在叶尖凝成水滴
挂在眼角

我把思想打开
泡在绿中揉洗
我把灵魂打开
让绿净剔病垢

高洁的温暖

青涩的叶子缓缓落下
悄无声息
树木以平静的心情
准备越冬

阳光照亮一隅冰雪
远离锐风的锋芒
是一种晶莹的温暖
最微小的生命
在这种温暖中
绽放奇异

女人和诗

春天下午两点至四点
全世界发生了很多很多事情
而我坐在阳台上
阳光饱和地照着
我和几盆花尽情沐浴

翻开一本诗集
寻找一些智慧的语言和
诗性的意境
女人穿件衣服
扭腰翘首,问:
这件衣服好看吗?
我对着诗句:很好
她又换了一件
自顾自怜:这件呢?
——也很好
她又站在阳光下:
看啊?
我突然发现
她就在诗句中

在隧道中

行驶在隧道中
看不清自己的形态
只感觉突突的心跳
思想溶解在黑色中
而隧道外
随心所欲

一个人企图分成两半
一半在现实中煎熬
一半在现实之外
支离破碎

贫贱的心情

谁知道你的奇异
谁知道你的芬芳
荒乱的草
淹没你的倩影

这还不够
寒风冷霜
时时袭击你的精神
为了孤芳自赏
你遍体鳞伤
你怀疑土壤给你的营养
可你再无法改变
身体里流淌的血液
用伤痛绽放芳香

去旅行

远离权力的放射
抛却亲人和病痛的牵挂
将苦涩融释于无限的青山绿水
消散殆尽

假如有可能
让我永远保持现在的状态
永远行驶在无边的绿中
假如有可能
让我化作一片叶
融入千万的绿中

岁月

阳光照亮心房
空空如也
没什么值得晾晒
多少岁月
就这样不留痕迹

一只鸟滑过天空
在心房投下影子

五·一二地震

和我父母一样的老人啊
你们经历了太多的苦难
还有太多的心事
就这样在灾难中离去
让世界回家的路不再照明
我该怎样向你们离别

和我妻子妹妹一样的女人啊
你们还有太多的憧憬和青春
还有太多的爱和浪漫
就这样你们匆匆离去
让世界变得荒凉
我该怎样向你们离别

和我朋友同事一样的男人啊
你们肩负太多的重任
你们胸怀太多的痴爱
就这样你们匆匆离去
让世界变得苍白无力
我该怎样向你们离别

和我儿子一样的孩子啊
……
让世界失去了春天

还有和我父母、妻子、妹妹、朋友、同事、儿子一样
失去亲人和家园的人们啊
我该怎样安慰你们……
天堂的路上

你们不会寂寞
请不要回头
我们的泪水
浮起你们远去的船
我们的目光
搭起你们远去的桥

失去亲人的人们
我是你们的儿子
我是你们的父亲
我是你丈夫的朋友

哭泣的书包

已有一月了
那些书包
还在我心中哭泣

仿佛灰尘满面
风干了泪水
总不愿离别阳光
一直在等
跟妈妈一起回家

这一生再也看不到你的笑脸
听不到你的笑声
但你会慢慢长大
变得很顽强
不再害怕黑暗

别再哭泣，孩子
你已经很懂事

一只鸟

从农村的树林出发
它的翅膀折射出弧形的阳光
清亮了一片瓦蓝的天空

在越来越密的水泥钢筋森林
这只鸟飞得多么艰难
翅膀开始受伤
最后被折断
失去了择木而栖的本能

真相

大会拒绝真相
小会拒绝真相
不是会议的会议才有真相

讲话拒绝真相
发言拒绝真相
报告拒绝真相
两个人的对话才有真相

报纸拒绝真相
新闻拒绝真相
文件拒绝真相
酒醉时才吐露真相

光天化日没有真相
真相在每个人的心中
就像迷信一样
每个人都相信它
每个人都想成为真相的一分子

街上

你看棕色的烫发
细腰修腿
玲珑白皙但不传统的脸
这已足够
和路边的樱花
引领春色的浓度

假如
街道再净些
车流再少些
人行道再宽些
步子再缓些
该是多么可爱的县城

下班路上

走在下班的路上
身披芬芳的阳光
头顶满树的樱花
脚步搅动了一片油菜花的光晕
一声隐隐的鸟鸣
是她——
思念的人的声音

放学的孩子
都像我的儿子
望着他们的举动
我偷偷发笑

我的心房空明起来
此情此景
需要将我
包裹得严严实实
可一条重大新闻
锥一样刺穿我的外围

怀念

那张姣好的脸
还有一袭青发
在艰辛的时光里
渐渐远去
模糊在历史的深处

总在深夜
茫茫人海中
传来你的气息
清晨叶尖上留下夜的泪珠

青草萋萋的河畔
笑语洒向河面
夕阳下
金子般闪闪烁烁
感动了天空
飞鸟驻足回眸
带走你的微笑

秋意

走在秋的阳光里
心绪清薄透明了许多
树上落下片片叹息
微弱无声
青山和蓝天趋于逼真
山坡的绿菜畦的绿
染绿了心房
多少重复的细节
支撑着生命的成长

绕过车轮碾起的尘埃
寻找一条干净的路径
让自己的思绪延续下去
让绿在身上生根发芽

去到某个城市

去到某个城市
寻找那些昔日的足迹
多少水泥和柏油路
将他们埋藏
无声的花开
无影的花落
唯有那份倩影和皎洁
永远留在心底

平淡的春天

离圣地越来越远
心就蜷缩起来
刚刚盛开的桃花
满怀心事
却熟视无睹我的身影

这个春天来得太平淡
以至平淡了很多的向往
在春风里回顾
是眷恋不舍
还是无力向前

渐次增厚的冷漠
严实地包裹热情
到处是喧嚣的场所
为使耳朵、眼睛、嘴巴干净
便大口咀嚼孤独

将珍藏的春天翻出来参考
这个春天将怎样度过

半世沧桑

分别时
天很蓝
心很涩
有谁在意过那张毕业照片
有谁在意过那一张张将要饱经沧桑的脸

在红尘深处
走过多少茫茫人海
经过怎样的风和雨
一把泪淹没了多少无奈和心酸
仅有的辉煌
销蚀了青春，苍老了岁月

当我们穿过世态炎凉，人情冷暖
再次执手
青丝白发
一笑间
半世沧桑

古韵青泥岭

百岭横斜
叠嶂穿空
万林绿蔚
青泥河回环幽曲
流淌着千年古韵

古道漫漫
青泥累累
顽石盘盘
那是千年的密林
千年的花草
每枚叶,每瓣花
渗透了历史的沧桑
那是唐宋的鸟鸣
明清的松风
讲述着大大小小隔朝代的故事

听
古道上唐人的马蹄风生水起
最响亮最高贵的是唐皇的御马队
驮走了一代盛世江山
最孤苦最伶仃的是杜子美
带走了大唐的雄风气象
听
那是吴玠吴璘的急行军
五代汉蜀的厮杀声
还有无数商旅贩夫的嗟叹声
骡马的急喘声

从唐代到宋朝
从明清到民国
他们在历史的长空挥汗如雨
在艰难险阻中延续着历史的希望

看
那座磐石上
坐着唐人的身影
宋人的身影
坐着几个朝代的身影
重重叠叠平凡无名
短暂休息后
又步入历史的路程
将北国和南国紧紧联系在一起
看
那棵在岁月中枯去的古松
它拴过驮着南方茶叶的马
也拴过驮着北方铁器的骡
实在熬不住时光的流逝
枯了
仍然做伴在古道旁
为后人证明着
古道从历史长河中一路穿行而来

唯一不变的
是铁山的高度
和它的铁骨铮铮
它的古道的精神象征
以及受人们的膜拜和敬仰

小小咏唱

百年前还是长辫子的王国
龙背上做梦的王国
一个叫香港的同胞
渗透天地间的秀丽
面对黑色的枪口
为自由反抗
为贞节哭泣
谁能唤回
她被掠走的命运
青藏高原的雪山
为何闭上双眼
睿智圣洁的思想
与高空对话
黄河长江
为何沉默了古老文明
响亮鲜明的汉唐魂
与黄土原的浑厚反响
一个那拉氏女人
送给不列颠
无计量财富
还有香港
可爱的女儿
她们轻易猎杀一只病鸟
一群荜路蓝缕的人
还在膜拜
智慧勤劳的香港
泪水创造琼浆

纤手织就华丽衣裳
肮脏的大胡子强盗
举着血染的酒杯
绿眼珠闪着更贪婪的绿光
企图跨过长江
运走长城古老的文明
……

黄河反省了
不再沉默
黄土原颤动了
雪原崩裂
神州发出沉闷的怒吼
雷声闪电暴风雨
三元里吼叫了
激昂的锄头
砸向强盗的头颅
姓林的钦差
断然销毁
洋人的精神武器
强壮裸膀的义和团
黄河般咆哮着
血肉筑起新的长城
民族的优秀魂魄
总能孕育民族的骄子
共产党人
捎给香港回归的信息
香港啊
泪水再一次流淌
光明照亮她美丽的脸庞

母亲，永远年轻的母亲
香港，永远秀丽的香港
擦干你的泪水
收拾起行囊
在北方
默默祝福
香港
归来的最后路上
身体健康
顺便去看看澳门
想必她的心情和你一样

澳门你早

小时候看地图
澳门，括号内葡占
像割开的鸡卵
长大后才懂得
那括号是烙在心上的印
太久太久
以至感到陌生，隐去知觉
现在期盼不再自豪
激动也已陈旧
在敬仰神圣面前
必须放下一些心事——
笨拙的洋枪洋炮
穿透大使馆心脏的导弹
台独的挑衅
边缘剥落的信仰，还有
信风一样的腐败
德先生赛先生的影子
别淡漠未愈合的伤口
别试着虐待母亲
打开贪婪的镣铐
自由地让阳光渗透
仅有的泪水
洒在失去绿色的精神家园
仅有的热血注入老化的伤口
站在长城脚下
汲取新的勇气、人格、希望
穿上双手创造的盛装
以纯情的面容招手

做寒锁梦

目光收容了历史
微笑满含哲学的思考
冬风正酝酿着冷静
雪花塑造一片圣洁
为那一刻
青草准备自焚
稳健的巨手
揽你入怀——澳门
敞开"炉中煤"的胸膛
接近共同的梦想

冬日的阳光

迎着阳光行走
眯上双眼
身处无限深厚的红

刚被高楼吐出
仿佛脱离险山恶水
圣洁的手抚摸脸庞
心房充满温暖
纵有缕缕寒风
也抵挡不了阳光的温度

往前走吧
过去已在身后

在时间深处

将彻夜难眠的痛
用距离小心翼翼地包裹
带到时间深处
让寂寞慢慢尘封
再没有第二个我
将它打开
斗转星移
可是啊
当再次面对
为何心手渗透了寒冷

在最深的红尘里相逢

你是花满枝桠
无论萧瑟的秋
还是灰寒的冬
你都绽放春的刻骨铭心
当皱纹爬上世事沧桑
我周身依然披满你的芬芳
佛啊
何时解脱
永远拴着瘦削形容的
相思柱

痛

一念之间
美好成为罪恶
便罪恶一生
一念之间
罪恶成为美好
便美好一生
佛啊
怎能分辨内化于心,外化于行

永远的惆怅

你是一朵雪莲
花开年复一年的纯洁
改变的
是沧桑岁月
不变的
是对美好时光的留恋
一路走来
脚步越来越沉重
时过境迁
你便是心底最迷人的风光
阳光那样明媚
花朵那样纯情
绿叶那样闪亮
山溪那样清澈
……
当苔痕爬上皱纹
我依然追逐梦想
用细雨蒙蒙和
花木青翠
遮盖住世俗的繁重
用孤独和清贫
维持着梦想诗意般生长
你的微笑
使它散发芳香
便不再卑微于
时光的流逝

一个人的城市

听见树与树的对话
叶子与叶子的私语
其中关于决策者的秘密
使人胆战心惊

无名的草们
正做着冬眠的准备
他们以来年重生的决绝
面对平等的命运

河水瑟缩着身子
适应了从热情到冷漠的突兀
期盼第一场雪降临

几只患难与共的流浪狗
似乎是这座城市的主角
享受着贫贱的自由
而一个人的目光
努力穿透谎言笼罩的天空
触抚阳光真实的温度
或者
一条鱼在人流和车流的水域穿梭
邂逅、驻足、握手对话的感动情节
或者
面对茫茫沙海
寻找一棵参天大树的答案

一个人独自面对一座城市

夜行

独自走着
内心的爱
在无际的黑中
划过一道火线
有了无数道火线
就有希望等到天明

没有绝对的黑夜

初夜在等恋人一样
等待月亮升起
让清辉稀释
黑的浓度

至于城市华丽的灯火
只是黑夜的一种假象

涛声依旧

一些期盼穿上了合身的衣服
就像皇帝的新装
智慧,铺天盖地
冷峻的掌声
使每条街道,每棵树
秩序井然

滨河樱花开

一夜之隔
滨河樱花似乎集聚了太多的力量
暴烈地绽放了
十里河堤走粉廊
将春色推向高潮

切入一树树的光晕
一次次沐浴光晕的芬芳和香气
将经历的苦难和卑微
还有过往的生死离别
救赎于这光晕的圣洁中
将生命先天的善良和
平等
幸运地晾晒

芳草

被赋予春天的爱
到处漫延着
唤醒了冬眠的昆虫
将无限的绿赐予花木的内心
膨胀着绽开了花朵

芳草翻山越岭
穿城渡村
在陌上青青
在原上离离
在洲上萋萋
在故乡的田埂上
寂寂

散文篇

SANWEN PIAN

嫩寒锁梦

每观他人优秀诗作,诚服其想象之丰富
意境之优美,技巧之娴熟
感悟之深刻,词句之新颖,亦步亦趋而不得精神

听鸟语

曾读林语堂《记鸟语》一篇,有感于所居之处如状似情,亦作听鸟语一则,做东施效颦状。

徽县是个秀丽的去处,虽不多名胜,却有高风亮节之处,如隐姓埋名的高士。

山秀而袅娜相托,水清而曲蜿相衬。仲春二月,桃李羞羞答答,躲躲闪闪,或聚一起尽情卖弄,或探出篱墙做千呼万唤之态,既而杨絮漫天飘飞于明媚阳光之中。独坐老树下,卷起裤管,轻拈扑吹,自是少有的怡情。

最好处,此地多鸟,各能表达自己的心思。午时,人居陋室午休,此时听鸟语,似尽解其意。最频繁而响亮者,为贵阳鸟。

"李贵——阳,李贵——阳,李贵阳李贵阳……"一声紧促一声,直到声咽而止。传说弟弟在呼唤被后娘虐待而走失于森林中的哥哥,所以那叫声带了浓浓的忧伤和焦急。特别是天黑时分,有触耳惊心之境。

"姐姐走回,姐姐走回走!"啼声清脆,又是哪家女子得了伤心事跑出家门来,肯定是其妹劝其还家,却回说:"咕噜噜——不回去!"还是回去吧,何必呢,都年小不懂事儿。

"旋黄旋割,旋黄旋割……"这种叫声宏厚,提醒农人及时收割,莫等遭了天灾,俨然是老翁的年龄和秉性。这也有传说,以前一位富人种了好多的麦子,长势很好,快黄时邻人劝其旋黄旋割,那人却要等到黄齐才收,结果不幸遭于一场水灾,颗粒无收。此人气悔身亡,化鸟而啼:旋黄旋割,旋黄旋割……

"羞死,羞死羞死。"

"嘘——嘘——嘘——"

想必孩童在一块戏玩。

"咕——咕,嘀啾啾啾,啵嘟嘟嘟……"这是坐在一起闲话。

还有细小杂脆之声,隐隐呼噜之声。不须看,一只也看不到,只需静听。风过处,花香阵阵,清风拂颈,树叶微颤,不觉性情飘逸。

三株梧桐树

门前有三株梧桐树,各两人合抱来粗,情同手足,相守而立。每每不觉它们是怎样长出叶子来,又怎样长到巴掌大的。夏秋两季,上参天茂立,下遥遥蔓延,伸手可触,甚至伸到屋檐下,有挡路之情趣。有同事建议砍下树枝,以明屋内光线,总不忍心,说自有益处,如炎夏可遮阳,秋可听雨声,冬可挡寒风。特别是深秋,夜间偶然醒来,或许单为吧吧嗒嗒的落叶声而醒来,始觉落雨,细听才知落叶了,亦才知降霜了。叶子跌跌撞撞下来,接着连绵不断,有时碰到门上或屋檐上,再掉到地上,那声音总是柔和而短暂,随即永无声息了。早上拉开门,遍地铺了一层。上面有淡淡的白霜,踏上去柔软无声。不觉又有叶子落在头上或肩上再掉到脚下,混入一片绿中,似乎再也找不到。抬头可见树上还有稀稀落落的叶子,那枝条也显出来,纵横交错,网罗了更高的天空。这时的落叶,若无其事地,不慌不忙地,不计时间地飘摆着,翻卷着,太息地,静静地,纷纷续续地,永远地落下来,亦混入脚下的绿中。

再说炎夏。太阳越烈热,那叶子越浓绿闪亮,厚厚地盖在上面。坐其下打牌下棋,或喝茶看书,麻钱大的水滴总不时掉下来,滴在衬衫上湿了一片,或滴在手背上溅开了,不等蒸发干,又滴下来,沁凉无比。

冬天呢,坐在火炉旁看书或睡在床上紧捂被子,听北风刮动枯枝做呜呜之声,倍增温暖。

中秋最不好,树上的雨滴会淋得你腻烦。冰凉的水滴总会灌进脖子或头发,使人动气。可睡下来听雨声总很好,雨大时噼里啪啦,雨打桐叶,声音总很响亮,雨小时又萧萧瑟瑟,滴答漏叶。秋风过处,冷雨敲窗被未温,真乃凄凄惨惨切切……

后来,此三棵梧桐树被放倒做了礼品。它们是同生同死的,那种精神,使人喟叹不已!

吃 水

从我记事起,吃水便是家中的一件大事。

当我和弟弟能抬动半桶水时,听大人们说,村庄底下原来有一口大井,全村人吃井水,不知是谁家的一位女子偷偷与心爱的人约会,被族人发现,那青年被打了个半死,那女子便投井自杀了。后来那井奇怪地渐渐干涸了,于是全村人到沟底挑泉水吃。不过,四姑妈村的人一直吃井水,那井口很大,水面也很浅,三个桶能同时吊进去打水。四姑妈她们村的人打井水不用井绳,人站在平面石头砌成的井口边,只用水担一头的担钩钩在桶梁上,伸进井口,水担伸进去一半桶便落到水面,再用担钩控制桶将桶平放在水面上,用力往前一拉,桶口就切入水面,提起来时桶中已装满了水,双手交换着提出井外,再吊下去另一个桶。这个动作看似简单实则不易操作,弄不好担钩和桶梁相脱,桶口上面有桶耳和桶梁,重于下面,桶便会倒入水中,装满水后就沉入井底了,打捞是很费事的。每次去四姑妈家玩,总爱看人们去井边打水,特别是早晨,多是年轻女人,逶迤不断地担着双桶,说说笑笑去到井边,有的连井里都不看,只顾和他人说笑,装满水的桶就提出井外了。那水很清,清晨的村庄干净透明,挑水人精神清爽,一幅诗意的画面。

可惜我和弟弟只能到沟底抬水吃。从家里到沟底的泉边有二里地,两条路,一条大路是牛羊走的,一条小路是捷径,通常是人走。小路又窄又陡。沟底呈喇叭状扩散开来,由几个小草甸组成,分布着三个大泉和几个小泉,三个大泉一个是人吃水的,一个是牲口吃水的,还有一个是洗衣服用的。那里除了长满厚厚的水草,还有一种叫灯花的草药,像莲花一样。悬崖上布满了鸟巢,是我们玩耍的乐园。

我和弟弟刚开始抬半桶水，一天抬四趟，后来能抬动一满桶了，一天抬两趟。我们将桶舀得满满的，然后拔一把水草撒在水面上，这样走动时水就不易往外溢了。途中至少歇两次，歇的时候就尽情玩。坡上淡淡地铺着一层青草，长满了狗菊花，一簇簇的，粉红色的花朵，麻钱一样大，花瓣很细小，圆形。拔一把在手心甩几下，就有很多针尖大的黑色小虫子从花瓣中钻出来，爬满了手心，我们称那小虫子为狗仔，就比谁的狗菊花里狗仔多。

我们抬水的杠子是精心挑选的，不能太粗太硬，要有弹性，抬起来省力。在杠子的三分之一处，钉两个钉子，相距有一寸，抬水时将桶梁卡在两个钉子中间，以防陡路上滑动。当然，抬水时走上坡路，我在后面，弟弟在前面，桶离我有杠子的三分之一远，这样弟弟就能轻一点。而去沟底时，我将杠子穿过空桶梁扛在背上，弟弟就撒野般直奔沟底去了，等我到时，他已捉满了一瓶小青蛙。

下雨天是吃水最困难的时候，有些路段积土太厚，下不多的雨便成稀泥了，再加上是陡路，走起来脚下直打滑，更不要说挑着一担水了。因父亲经常在外地做木活，就由母亲挑着两个桶，我拿着一把铁锹，在前面将泥铲除，每次铲出一块鞋底大湿而不滑的地面，刚够落下一只脚，按着跨出一步的距离交替往前铲，或者从路边的埂上铲下干的土疙瘩垫在泥里。挑回一担水要付出很多气力，更要小心翼翼。有时雨太大，就只能到邻居家要一盆水做饭。若是秋季阴雨连绵的日子，就吃檐水，牲口吃低洼处的积水。将桶、盆子等放在房檐下，错落好位置，尽量让两到三注房檐水滴入桶中，或者找一块半尺宽、三尺长的木板，顺着房檐斜插在桶口里，让更多的檐水滴到木板上再流落到桶中。当然，檐水不好吃，很苦。

过了几年，我和弟弟相继能挑动两半桶水、两满桶水了，给家里增加了劳动力。暑假期间，父母和我们兄妹五个人都上地干活，成了村里劳力较多的一家。每当我们家地里的活干完，还要帮别人家干活，村里人互帮互助是一种习惯。每天下午我们兄妹提前回家，妹妹负责做晚饭，弟弟给牛割苜蓿，我去挑水，回来再和弟弟铡草，垫好牛圈（清除圈里的牛粪，垫上干土），填好牛的夜草，关好圈门，再帮妹妹喂好猪、鸡、狗。当父母擦黑回来时，饭已做好，一切都收拾妥当了。那样的日子，劳作井然有序，生活无忧无虑，好像明天总是充满着希望。

　　我挑水的时候，还受过小孩子的欺负呢。有一次挑着一担水正走在陡坡处，有小兄弟俩去抬水，就站在高处往我身上扔土块，甚至扔到了桶里。我气得大骂，他们只咧着嘴大笑，我无平处放下桶去追他们，只能被动挨打，等到稍平处放下桶时，他俩已跑得很远了。幸好他们的空桶还在原地，我爬上一棵树，将那空桶挂到很高的树梢上，他们是无法上去的，然后挑着水回家了，心想叫你们两个骚情，晚上你们父母回来没水吃看怎么收拾你们。过了一会，我的四爷领着他俩来求我了，兄弟俩还哭哭啼啼的。原来他们兄弟无法从树上取下桶，村里所有大人都上地去了，他们也清楚晚上父母回来看到没水吃会揍他们，一下子急得哭起来，又不敢直接来求我，就搬了我的四爷来。我警告他俩再不许欺负我，又爬上树取下桶来。

　　后来气候越来越干旱，有一年地里的麦子连种子都没收回。沟里的水一下子少了许多，吃水随即紧张起来。下午泉边总是排着队，大家眼瞅着那细小的泉眼流眼泪一样往外冒水，等到泉底有一瓢水时，不管清浑，就刮到桶里。后面的人等不住了，又折身回去，凌晨四五点起来再来挑水。

　　无论怎样干旱，村里人还是坚持在自己的沟里吃水，那泉水总算艰难地养活了一村人。最干旱的时候，有些村纯粹没水了，要到几十里外去取水，每家要腾出一个青壮年劳力专门负责运水，真正到了水比油贵的地步。

　　由于村里青壮年人经常外出打工，劳动节奏加快，沟里的水遇到旱年就大大减少，村里人便开始打井了，而且很执着，请了很多风水先生，打了很多口井，然而井水还是很少或者没有。

我家先后打了四口井。第一口离庄院较远，那地方以前经常有山水流过，想着总会打出水来。可打了33米深，除了泥巴，等了几天没有渗出水来，就放弃了。第二口井在自家的碾场里，打了近40米，可每次放下桶去，只能吊上来半桶稠泥浆，又放弃了。第三口井打在与邻居家的交界处，两家人合打，也有近40米深，但每天最多能吊上来三桶水，也不是很清，不够两家人用，父亲便让给邻居家单独用，在自家院子的东南角打了第四口井。第四口井每天也只能打上来两桶水，随着生活水平的提高，每天两桶水远不够用，于是很忙时吃井水，较闲时从沟里挑水补充用。

村里也有个别几家打出的井水很饱和，那水清澈又甘甜，他们都盖了井房，上了门锁，有的甚至在井房旁拴一条大狗。这样别人求水时就需要主人看狗，开门锁，很麻烦，会尽量不去求水的。

又过了几年，国家开始实施西部母亲水窖工程。当地政府支持了二十袋水泥，我家先打了一口水窖，后来又打了一口，能满足全家人全年充足用水了。打水窖是有严格要求的，水窖选择在院子外面，地势比院子低，挖下去5米深，底部直径有3米，往上逐渐缩小，到窖口直径有1.5米。窖底和窖壁用水泥打磨光滑，再用水泥和钢筋筑一个直径1.5米的锅盖，中间留一个直径10厘米的孔，恰好扣在窖口上，从10厘米的孔中安装上压水的设备，其实水窖已变成压井了。院子和台阶必须全打成水泥的，院子里不留有土的地方，也有强留下的，除了种花，倒洗脸水，老人们看着黄土心里总踏实些。院大门内两侧的院墙底部各有一个孔，其中一个孔是院里的雨水流向水窖的，那孔必须安装铁丝网，以阻挡雨水中的杂物。墙外有一个较大的水泥池，加盖，水池一面池壁上方又有一个孔，孔外接上管道，从地下再通到水窖边的水池里，水池里也有孔通到水窖，几个孔都安装上越来越细的铁丝网。下雨时，先将院大门内侧墙底通向水窖的孔堵死,将另一侧通向墙外的孔放开,等下一阵雨,雨水冲刷干净房瓦上的尘土,再用扫帚将院子刷干净,脏水流尽后,再堵上那孔,放开通向水窖的孔。雨水经过过滤,先沉淀在墙外的水池中,等水满了,再经过过滤,流到水窖旁的水池中,经过沉淀,最后流到水窖中。这样经过三次过滤,两次沉淀,水窖中的水就很清很干净了。

村里人从此不愁吃水了,只是沟里的泉水多了一层荒芜,多了一层沉寂,水草萋萋,清芬自怜,没有了昔日孩童的嬉闹声,没有了牛羊的叫声,没有了铃铛声。偶尔有老人去泉边提一罐泉水喝茶,总说泉水比窖水香甜多了。

再到后来,在政府地支持下,我家建起了标准的沼气池,烧水做饭全用沼气,既清洁又方便。再加上退耕还林政策的实施,通过有关项目的带动,山上的树多了,草也多了,通到村里的路宽了,通向地里的路平了,运输、播种、收割、打碾的机械多了,村里人真正享受着改革开放的成果。

娃娃亲的回忆

到了找对象的年龄,免不了考虑双方的各种条件,对于身处山区教书的我,找对象自然带来许多不如意和尴尬,甚而对找对象生厌且恐惧了,这又不由人不好意思地想起了娃娃亲。

十岁时,父亲为我定了亲。相亲那天,我高兴地去了,那样的年龄,相亲感觉和走亲戚没有什么两样,总有好吃的等我。

那女孩竟然躲着不让看到,后来就不刻意去注意她,坐在炕上百无聊赖起来,就向她弟弟要了小人书看。到牵红线时,她突然进来了,没来得及看清她的脸部,只看到清瘦的身材,后脑的发髻高高耸起。她穿上我们拿来的礼服,跪在桌前烧了香,便急急地勾着头出去了。她的脸和大红的上衣一样红,可惜我还是没看清,接着是我下地烧香敬酒的过程。

不久家中拿来她的一张黑白照,贴在墙上的镜框里。没人了,我就偷偷去看它,天哪,怎么是瘦长的脸,两眼之距很宽,眼睛细小,看着心里很不是滋味,但常听母亲说女大十八变,就希望她变得漂亮些。

她上完小学便辍学劳动了。上初中时我几乎将这事忘在了九霄云外,直到高一,我们才有机会第二次见面。

因她爷爷去世,我父亲不在家,不得不由我参加丧事。这次她变得胖了,脸比相片上白多了,眼睛还是细小。她顾不上收拾自己,脸上总是挂满泪水和哀伤。她有时傻乎乎地看着我,可能是感到陌生,有时便张大嘴巴跟上他人哭起来,这使我忍不住偷偷发笑。我的任务是端盘子,闲了就在厨房偷吃她妈暗赐的鸡肉。

在她家厮混了三天,亲房邻居都熟了,到谁家去都成了最受欢迎的小客人。他们总是问着我的趣话而快乐地说笑着,有时连她妈也被打趣。若她在当面,更要打趣了,她有时逃都逃不及。

回来时她送给我两双精美的鞋垫,母亲高兴地问这问那,人家的事过得咋样,那女子对我咋样,她父母对我咋样……我几乎应付不了母亲的追问而惹得妹妹大笑。

到了高二,我已到了履行家乡风俗——新女婿帮女方家干农活的义务。其实我小的时候,父亲经常外出,倒是她父亲常来我家帮农活,特别是我家迁移新居时,她父亲出了很大的力气。两位父亲很投脾气,在一起经常嬉笑怒骂,很开心的。然而我没去她家。

后来她父亲也到新疆挣钱,不久就传来不幸的消息,下煤井时被石头砸伤了腿,幸有她伯父在当地工作,住院照顾全凭了他伯父。可她父亲迟迟没有回家,人们多猜测他腿是断了或人没了,又孤儿寡女的没人去看个究竟。这样挨了一年,她母亲也病倒在床,真想不通她怎样干着大男人干的活,将十几亩地的庄稼收回场的。

有一天母亲对我说,你该去人家家里看看,听说她们希望你来一次。我二话没说,带了钱和东西便去了。

她说她母亲看到我十分高兴,人也有精神了,脸上也出现了红光,饭也吃的多了。我在她家待了几天,代她们向她父亲写了信,帮了些农活,就很想回来。她们热情地送我,她眼中充满了无限的疑虑和忧伤——你考上大学了是不是要退掉这门亲事……现在考上大学的都是这样,可是……是啊,我怎么能和你结婚呢,我想,可是……我只盼着她父亲早日康复归来,我躲避着她的目光,急急地回家了。

不久她父亲回来了,为了表示他的腿完好无损,他骑车到处游了一通,可到底有些损伤,干活多了重了就会发痛。

我那时正忙于高考,她父亲来我家和我父母说了什么都不知道,考完试又急忙打了招呼去一位远房亲戚家了,为的是避免和父母在这关键时刻一起面对这门亲事。接着,我忙于上大学做准备,便匆匆离家了。父亲对我责备的心情被我要远离家乡的心情冲淡了。

在后来的通信中,父亲说道,这门亲事未必不好,将来我在外地工作,她在家中劳动,你的根总在家乡,人总要叶落归根的。还说人世间要紧的是人情,她家人都很好……谁知在看这封信时,我已将退婚的信写给了她。

过春节我高兴地回家来,父亲对我冷漠无言,母亲责备说,那女子收到你的信后整整睡了六天,后来又来咱家问大人的意见,我和你大说尽量劝你。你大曾夸下海口说这门亲事由不得你的,看他出的洋相……她气愤地说,生儿女是为啥来着!你呀,人家女子个子高,白白胖胖的,又懂事又能干活,我心里真可惜哩。那天她愁着脸走了,我心里难受了好长时间,你以后再找那样一个,怕难啊!

她在她父亲地支持下,学了理发培训,后又在她伯父的帮助下,在某城市开了理发店,可幸生意一直不错。

当这门亲事刚结束时,她父亲和我父亲仍保持着亲密关系。她父亲说,他什么都不怨,只有每当路过我们村庄时,看到他曾出力修建的房屋,心里难受……

也是当这门亲事刚结束时,一次父母在田间歇息,父亲眼尖,突然抓起几颗苹果朝大路跑去,原来她父亲正骑车路过。两位父亲谈了很长很长时间,他们谈了些什么,应该是世事沧桑之类了。

又过了几年,一次我和她在遍地白雪的路上遇见,两人都惊诧地错过而又回认出来。她穿着较兴时的大红上衣,漂亮多了。我才真正感到,她是一位温柔的女性,她用自然柔和而又深情的语气问我:"你找到对象了吗?"

"没有……"

"你很容易找上的……"

怀念祖父

接到祖父去世的消息,我心里定然不能相信,好像是在开玩笑。风尘仆仆赶回家,按家乡风俗,要先跪在门槛外大哭一场,我却怎么也流不出泪来,及至跨进门槛,蓦然一樽灵柩,确信祖父真的离开这个世界,顿时泪如泉涌,真是不见棺材不落泪啊!

祖父生在一个败落的农村家庭。他的祖父排行第九,人称九爷,祖居通渭,活了九十七岁,善骑射,是清末准备考武举人的,后因博取功名无望,又做起了生意,被指定在老庄的北山坐庄(后来划属静宁),置了几百亩地,生了三个儿子。祖父的父亲排行第三,继承了一份不薄的家产,却好吃懒做,吸食大烟,还生性暴戾,常举着鞭子逼祖父的母亲嚼咽他吃剩的鸡蛋皮,家道很快衰落。祖父十一岁时,其父亲因过量吸食大烟而瘦弱得不能起床,一家人已吃不饱肚子,便送祖父去他舅舅家拉长工。

祖父经常说,他十一岁时就给人家拉长工。

秋雨霏霏,大雾弥漫着峡谷。祖父光着脚,衣衫单薄,头上扣着一顶乌黑发霉的破草帽,嘴唇青紫,手背被细细的冷雨浸得麻木。他还没到回家的时候,在坡垴上放牧着跟着四个猪仔的一头老母猪、三十只羊和一头叫驴。驴在田地边上,羊在坡垴中间,猪总跟在后面。他一刻不能闲着,一会儿羊跑到前头去了,一会儿猪又掉得太远,一会儿驴钻进庄稼地里,他一直跑前跑后,总要将它们拢在一块。夜色终于从沟底压上来,他赶着这些家畜往回跑,经过河坝时,他觉得真倒霉,他又被一种叫作三刺肉的灌木果扎了。祖父常笑着形容说,那种灌木果特坚硬,三棱的(大概像金字塔状),指头蛋大小,散布在草丛中,光脚板不小心扎上,由于疼痛,不由手往前一扶，又扎在手掌上，再往后一仰，再扎在屁股上，便叫三刺肉了。他脚底流着血，忍着痛回到家里，舅父清点了家畜的头数，方命他去吃晚饭。舅母拿来一条破布，连血带泥将他的伤口缠了，又将他的衣服贴在锅壁上往干里烘，这时他已沉沉地睡去。

　　有一天黄昏，他正盼着夜幕降临，突然羊群一阵乱撞，回头见一条狼缩在羊群后面，他举起大铁锹用尽平生力气大喊着向狼扑去，那狼已叼了一只羊羔蹿到沟底去了。他心惊肉跳，数了几十遍羊，就缺了一只羊羔。夜幕已笼罩了峡谷，他踯躅在夜幕中不敢回家，隐隐传来了舅母的呼叫声，他颤抖的心稍稍有了点着落。当他和舅母将家畜赶进院子时，站在上房台阶上的舅父一眼看出少了一只羊羔，厉声逼问他，他只得说叫狼叼去了。话未说完，舅父手中正捻胡麻毛线，顺势照祖父头上一骨拙，血即时喷了出来。祖父撒腿跑出院子，跑到河边，黑暗中河水发出巨大的哗哗声，他没顾及河水的深浅，不顾一切地蹚过齐腰深的河水，一口气翻过一道山梁，又沿山梁跑了十里路，到了自家的门口。院子里黑洞洞的，悄无声息，只有老黄狗汪汪叫了几声，这时祖父才突然想到，这样不明不白地回来，自己的父亲还会揍自己一顿，便悄悄摸索到庄后拴马的窑圈里，在马槽上睡着了。

　　等了一夜的舅母，天亮还未见祖父归来，心下急了，忙催舅父说去吴家看看，是不是跑回去了，山上有狼，你把人家孩子弄没了看怎么了得！舅父也暗自紧张了，急匆匆奔到祖父家，太阳已升起一丈多高，一问说没见人影儿，说明原委，祖父的父亲听了跳起来骂道：我娃儿没了只向你要人，给你引去时咋托付的？我要告你谋害人命！又转过来训斥祖父的母亲。舅父低头一言不发，母亲一声不响地抹眼泪。直到母亲去给马喂草，发现蜷缩在马槽里的祖父，一绺头发被血干成股儿，伤口凝成痂，还隐隐渗出血来，母亲的眼泪珠线般滚下来。舅父听到门外的嘈杂声，跑到马圈里拉起祖父，说把你亲手交给你父亲，我就放心了。祖父拽着不去，舅父又说小祖宗,我服了你的犟脾气了,你放心,有我在,保证你不再挨打。祖父惴惴不安地被带到父亲跟前,父亲骂了声"白吃五谷的畜生,滚出去",母亲急拉着祖父去了厨房。

祖父再没到他舅父家去拉长工。

十七岁时,祖父给邻村的一家地主帮夏收。那时他的力气已非常大了,也成了有脸的人了,总害怕东家嫌他干活有什么缺陷。每天天刚放亮,他一骨碌爬起来,挑上两个大淅桶去担水,每个桶能装一百斤水,够几十号人吃一早上。他挑水回来时其他帮工才起床吃早饭,当他喝完七碗拌汤时,两个一斤的糜面团已装在肚子里。太阳渐渐升起来,烤在祖父铁板一样的脊背上。他扎着马步,弯着腰,连续不断地挥舞着镰刀,无边的金黄麦浪在他面前哗哗地大片大片倒下。接连十天了,祖父的夹衫似乎被太阳烤焦了,他索性脱掉,光着膀子,黝黑的脊背明晶晶的渗着油。好多帮工把给地主家帮夏收的日子看成是改善生活的机会。一天中午,东家又带人挑了几担午饭,巴掌大的腊肉片在阳光下闪闪发亮,好多帮工对平时垂涎三尺的腊肉片已心有余而力不足了,祖父却吃馍一样香滋滋地连吃三大碗,他的能干能吃和憨直赢得了所有人的钦敬。

二十岁时,祖父的父母双双病故,他的身下有三个弟弟和三个妹妹,二祖父也已成家。祖父和二祖父商定,他去学木匠,二祖父去学皮匠,来维持一家人的生计。学木匠不长时间,一家人饿得心慌,他又告别师傅,担起担子往兰州贩鸡蛋。家离兰州五百里路程,不管春夏秋冬,他闪着二百斤重的担子,亢奋地奔波在迢迢长路上。在家乡收上鸡蛋,到兰州卖掉再购上茶叶回来销售,几年下来,积攒了些钱置了十几亩薄田。那时二祖父的皮匠手艺已学成,回家带领家下大小一边做羊皮活一边务庄农,祖父却因沿途兵匪纷乱,决定不再做生意又做起木活来。

祖父吃百家饭做百家活,渐渐有了很好的口碑,尺子放得准,活做得细而结实,从不偷时,人们送他一个绰号——老结实。那年镇里要修座大风车，无人敢承揽，祖父硬着头皮去承揽了。没有经验，没有图纸，更没人指教，祖父一日去看了县城的一座风车，据说那是省里的专业人员修建的。一月后，祖父的风车架起来了，连镇长大人都频频夸赞，给他挂了彩，方圆百里的手艺人都来参观，祖父的名声一时大噪。

祖父除木活做得好，戏也唱得有名，虽不认字，懂得的历史知识使人惊叹，可算得上博闻强记了。祖父给读书人家做木活，缠着人家给他讲古书，宁愿少要几个铜板，也要人家把家里的藏书全部讲完。什么《封神榜》《列国》《史记》《三国演义》《五女反唐》《征东》《征西》《薛刚反唐》《七侠五义》《说岳全传》《水浒》《西游记》……还有许许多多优美的历史传说，如汉高祖刘邦行军途中遇一白蛇当道，向其乞讨江山，高祖大怒，拔剑斩之，将尸体挑落在路旁的田地里，顺口说到旱平地里去讨江山。后汉末平帝时，白蛇转世为王莽，篡取帝位，建立新朝——是高祖亲口许诺人家江山，祖父一本正经地说。祖父唱戏的戏词全是别人念给他记下来的，直到他七八十岁时那些戏词仍记得完整无缺，唱得字正腔圆，我一直惊讶于老一代人识字读书的深厚功底和祖父超常的记忆力。祖父主唱大净，包公在方圆唱得无人能比，如"王朝——马汉——喊一声——"，"声"字后面的高音，大多数人唱不上去就走向低音了，祖父凭那一声浑厚的高音，在同行中说话掷地有声。祖父懂的戏非常多，上至商纣王，下至明崇祯，无一不晓。有次他去看陕西来的秦剧团，唱的是《红逼宫》，有人说只听过《白逼宫》，还未听过《红逼宫》，便向一老者也是大懂戏家请教，老者说共有四大逼宫的戏，他只知红、白、黄逼宫，还有一逼宫一直不知道。祖父接过话说："还有一逼宫是《黑逼宫》。"老者惊疑地望着小他一辈的祖父说："可知是哪出戏？"祖父道："是商纣王逼他父亲让位的戏。"

祖父家底日渐殷实，一院房落布置得精当别致，养有几十头骡马牛羊，出门有时以马代步。

214

那年解放了。后来三乡群众召开评选地主、富农、中农的万人大会,在祖父家的碾场上召开,祖父蹲在大树底下眯着眼晒太阳。当乡长念到祖父的名字时,全场一片寂静,谁也不愿第一个表态。乡长提高嗓门喊了几十声,还是没人站起来发话。乡长来气了,叫道,是地主是富农,还是中农或者贫下中农,总有个身份吧,怎么没人发言?最后,一位老者站起来说:"依我看定成中农合适。"乡长问其他人意见,全场人附和说就中农吧。祖父后来说,平时不做亏心事,不做昧良心的事,全乡人都不愿将自己评成地主或富农,若照其他两个乡的标准,自己不是地主就是富农了。我曾问过四祖父,我们家那时候是不是也剥削过人啊?四祖父笑道,你哪里知道啊,平时都是自己干活,只有农忙时叫几个帮工,管吃住,开工钱,你爷爷当家,待那些帮工比家里人都强,比现在的麦客子好多了……又笑道,世事是由人定的,谁又能说得清呢!

祖父的家产全部充了公,全家人或愤愤不平或惶惶不可终日,唯祖父心境泰然,常劝慰全家人说钱财乃身外之物,老天有眼,保得性命和平安才是最重要的。只是有次他在路上碰到自己亲手养大的一头驴拉着一车粪,前面拉驴的人使劲拽着缰绳,驴嘴角被镣子勒出了殷红的鲜血,祖父看后心疼不已。那驴见到祖父便更加嘶叫不前,掌辕人使劲用鞭子抽打着驴背,祖父不忍相看,掉头快步离开了。他说这些人没长心,驴也和人一样。

祖父仍在方圆做木活,年终给队里缴一定的钱,有时队里有木活,便叫他回来做,记一个人的工分。

祖父和他的弟弟们分了家,他生了三男四女,生活负担越来越重。

有一年公社组织了一批木工,去新疆某建设兵团做木活,祖父也被组织去了。全家只有祖母、大姑、二姑上地挣工分,且大姑二姑都算半个工分,三姑四姑还没到上地的年龄,便出门讨饭。父亲是长子,是三个姑姑之后生的,那年十来岁,已承担了家里一些很重要的事情。每次他给祖父寄信或取信，要跑到四五十里远的公社去，回来时已是深夜，祖母顶着星星，站在门前的大杏树下眼巴巴等他回来。祖父去新疆后，他的第七个孩子——我的三叔出生了，由二叔在家照看。祖母已无力养活这个孩子，只盼着他早日饿死。可当她从地里回来，看见他像抽尽丝的蚕一样贴在炕沿边，没有力气动一动，只有一双幽幽的眼睛眨巴两下，他的肋骨刺眼地凸起，更刺眼的是他的肚皮已经薄得透明，能看见肠子，是绿色的。祖母喃喃地说道，咋还没饿死呢……她捞了一把酸菜放在炕沿上，三叔便慢慢用手抓着吃了。三叔两岁多了，仍瘦弱得连门槛都爬不过去，二叔去玩，他只能伸着手被阻隔在门槛内，他连哭出声音的力气都没有，一会儿头就搭在门槛上睡着了。

祖父在新疆将近三年时间，终于能回来了。他说回来的火车上人扎得严严实实，连气都透不过，他三天三夜没合眼。他说新疆的楼房真宽大，还有暖气，冬天一点不觉得冷。他说有个军官是兰州人，待他不错，特别是那军官的老母，待他特好，给了他好多吃的穿的东西。他说他的木活手艺兵工厂的领导最看得起，夸他做的推车灵巧耐用，又省工减料。他说他临走时厂领导苦劝他留下，而他只想长上翅膀一下子飞到家里。当他第一次将他最小的孩子揽入怀里时，他的浊泪纵横了。

祖父依然在方圆做木活。有天晚上在做活的人家吃完饭，正在闲话，突然村里来人说家里出事了。

一天下午，不知谁偷了队里的玉米棒，队长老婆一口泼在祖母身上，说肯定是几个姑姑偷的。队长在喇叭上喊来全村的人，让祖母站在桌子上开批斗会，几个姑姑跪在祖母面前声泪俱下，自始至终说没有偷，没有偷。后来祖母不知怎么偷偷上吊自杀了。

祖父一下子苍老了许多，他的胡子从那时开始变白了。

后来大姑、二姑、三姑都已出嫁，四姑还小，家里没有做饭的女人，祖父给十九岁的父亲娶了亲。我的母亲是地主的女儿，我的外

216

祖父早年喝毒药死了，我的外祖母撇下母亲姊妹四个寄养在母亲的大伯家，她自己又改嫁了。那时祖父给父亲娶亲颇费了一番周折，好多人家不愿将女儿嫁到像祖父这样的人家，倒是母亲的大伯急于将母亲和几个姨姨嫁出去，以减少家里吃饭的人口，在当时来说，这也算门当户对了。父亲结婚第二天，祖父又被迫站在大队部院子里的桌子上挨了一场批斗，支部书记说父亲是早婚，不符合政策。晚上有关系好的来安慰祖父，祖父说他一点都不生气，反而很自豪，他说批斗他的人的儿子那样大年龄了还没娶上媳妇。

后来，祖父做木活不知怎么窜到成县的一座大山里，那里人稀地广，有望不尽的繁林丛木，相比起家乡，生活好多了，至少可以吃饱肚子。祖父在那儿做了一段时间的活，得到队里人的好感，和队长的关系也混得很熟，就商问想将我全家迁到那里，队长欣然同意了。

我的所有记事都是从那座大山里开始的。我家搭了个茅草屋，和一户姓王的人家住在一个高坪上，距大村庄十五六里路。我家顿顿吃杂粮，我常到王家吃白面饭，王家也有一个和我一般大的小男孩，我俩整天在一块玩。王家的女人和我母亲关系特好，她们还有合影，现在看来，两位女人当时都很漂亮。王家女人有时带母亲和我去林里摘蕨子，会见到好大的树和许多鲜艳奇异的野花，地上铺了厚厚的腐枝败叶，踏上去颤巍巍的；树上缠着胳膊粗的蛇，王家女人说不用怕，那蛇没毒，不咬人的。蕨子摘了满满一篮子，我的手指和嘴唇被染成了紫色。我们有时去十几里外的村子看电影，恍惚母亲和我坐在谁家的炕上通过窗子看，晚上又住在那家第二天才回来。山里狼很多，常见牧羊人抬着血红的羊皮回来，大概羊肉被狼吃掉了。到了晚上，狼直接找上门来，在门外嗷嗷直叫，如果祖父和父亲出远门做活，母亲和我还有三叔（二叔、四姑留在二祖父家上学）将门顶得死死的，一晚上心惊胆战睡不着。山里每户人家有猎枪和狗，后来我家也有了。一次，我家狗的耳朵被狼给咬掉了。

过了两年,我家又搬回老家去,我却说的是外地口音,又好长时间记不住村里的路,甚至在村里迷路,同村孩子常跟在我后面嘲笑我。那时每家好像都有了自留地,但生活仍然很困难。祖父继续做木活,经常在半夜大汗淋漓地扛着一袋粮食回来,天不亮又赶离村子去做木活。那时全村能吃上馍的家户很少,记忆中母亲有时晚上叫醒我们兄妹,端来热腾腾的馍,我们就狼吞虎咽地吃起来,母亲一边看着我们吃一边反复叮咛,天明千万别说出去!

记不清是一九七几年,家里发生了一件不小的事。那时父亲在大队做木活,二叔初中毕业当了小学教师,家里只有母亲一个人上地劳动(四姑已出嫁,三叔还小,够不上劳力在家照顾我们兄妹,他要上午、下午抱着妹妹去工地吃奶,还要做饭喂猪)。那年修梯田的任务非常重,又距村里很远,是寒冬腊月,母亲常常凌晨四点起来去上工,晚上回来已是十一二点钟,母亲晚上回来头发上都结着冰。有一天母亲病了,很重,睡在炕上动弹不得,由三叔替她出工。三叔和她一样,早出晚归,还要做饭。几天后三叔实在熬不住了,偷偷离家出走了。祖父知道后,四处寻找,没有踪影。后来三叔来信了,说跑到徽县给人家打柴,不想回来了。我家在成县时,三叔跟人来过徽县,对他去的那个村子比较熟。祖父立马赶到徽县,又在徽县做起了木活。接着他给三叔物色了一门亲事,三叔上门招了女婿。虽然他极度不愿意,但家乡太穷,无可奈何。过了两年,祖父放心不下父亲和二叔,又跑回来,给二叔成了家。不久就包产到户了,眼看着家乡的生活渐渐好起来,祖父放心不下三叔,就又跑到徽县去,就这样,他两地间来回跑着,为三叔盖起了新房,为我家和二叔家买过牛、自行车、缝纫机……后来我们都比较宽余了,他还要将自己挣的钱分给三个儿子,或者给我们孙子们作学费。祖父七十多岁时,还在做木活,比如农村用的吃饭桌和椅子、架子车、风车等等,他做得最多的是棺材,只要是和他同辈的,不管小他多少,人家叫他便去做。他说做棺材是积阴德,自己可以长寿。他做的这些木活特结实,他的"老结实"的绰号一直保留着。他还做一些很精巧的装饰物,比如相框、镜框、香炉什么的,自己雕刻,自己染色。他的画图也蛮不错,经常在做过的家具上画上花鸟龙麟,很像壁画,大红大绿。渐渐的祖父的年龄实在不适合做活了,就做些小玩意儿,送这家送那家,亲朋好友除了喜欢,更多的是敬重。

祖父的胡子很漂亮,有一尺来长,银白晶亮。他早上起来总是精心梳理打扮,晚辈们夸他像活神仙。祖父干净整洁,他的床铺用具总叠放得整整齐齐,叫人看了舒心,衣服一尘不染。我们在一块时他善于讲帝王将相的历史传说和戏文,虽然我们听了就忘,他却记得很精确,讲得绘声绘色。祖父在徽县做活时,曾说他要好好帮着三叔过好日子,不然他死后不好给祖母交代——祖母死时三叔才三岁,三叔又在他乡上门招亲,祖父心里已有愧,再过得不如人,他更不好交代了。那些年他起早贪黑地做木活,多少人情冷暖、粗茶淡饭他全没放在心上。

祖父爱得至深的人是我。我是他的大孙子,大概祖母死后祖父的心空落寂寞,我出生后便将所有的爱和酸痛倾注到我身上。他在家的日子,我总和他吃住形影不离,有时他出远门很长时间回来总将我揽在怀里不自觉地流下泪来。到我参加了工作,他还时时给我留着香烟,甚至我有了儿子,还给儿子偷偷给钱,惹得叔姑们背地里说闲话。祖父临终前的一年多,突然变得沉默起来,说话越来越少。有时他站在我和妻子、儿子的合影前久久注视,不知道在想些什么,看着看着就又流下泪来。

2003年春节,是我最后一次见到祖父,我们回老家去过年,祖父见到我们悲喜交加,说他天天在等,打听我们的消息,又从箱子里拿出几包压得皱巴巴的香烟,说是专门给我留着的,又说他有天晚上突然梦见我站在他的床头,一下惊醒,坐起来,梦是那样真切,不由得掉下泪来,一个人在黑暗中独坐到天亮……说着眼眶又红润了,急忙拿了手巾拭泪。

2004年阴历正月二十日凌晨,祖父悄然辞世,在世八十四岁。那几天有流感,空气又干又冷,祖父呼吸道感染,饭量大减(祖父饭量一直很大),晚上还和医生说些闲话,出乎全家人的意料,他竟然当晚睡着再没醒来,可惜他临终时身边没有一个人,直到后半夜二叔没听见他的咳嗽声,急忙跑去时,已经叫不醒了……

当阴阳开棺给祖父招魂时,我最后一次看到祖父的脸,银白的胡子有点发涩,好像在沧桑里浸泡得太久,但他的脸看上去很安详,一本正经的。祖父下葬后,当所有的人离开坟地后,我仍跪在那里低啜流泪,我止不住我的悲伤我的悔恨我的对生命的永诀……一个饱经风霜的生命永远消失了,一个关爱牵挂我几十年的亲人永远无声无息了……而我陪伴祖父的时间太少,我给予祖父的关照太少,他生前和邻居亲戚们谈话,三句离不开我的名字,叨念期盼我们什么时候回来。他每天每时在盼着我们回家,我们的回家是他的奢望,然而他临终前依然未看到他的所有儿孙们,他就这样走了,永不回头地走了……

我对拉我回家的亲人说,让我再给祖父磕一次头,我就这样告别了祖父……

西风卷起墓堆上的黄土,扬上天空,浑浊了我的泪水。大地睡着了,只有风声呼呼,微白的太阳注视着大地,抚摸着大地的脸,让大地永久安详……

对祖父的回忆,我的言语支离破碎,但我想祖父能给祖母一个很好的交代了。他的一生是为儿孙们操尽心血的一生,特别是在那饥荒的年代,不知他给全家人买回来多少珍贵的粮食。他的一生又是儿孙们珍惜学习的一生,他坚韧不拔、吃苦耐劳,为家人无私奉献,堂堂正正。

祖父为我们留下了无尽的思念!

祖父的名字叫吴云山,那样大气而朴实。

儿子和小狗

儿子心地善良,自幼怜爱小动物。在他四岁多时,我给他讲丑小鸭的儿童画册,他听着听着就问:"丑小鸭的爸爸妈妈怎么不找它呢?"儿子问我时声音已哽咽了,眼眶里充满泪花,他是可怜丑小鸭总被欺负的命运。

前年,儿子去外婆家玩,外婆家的一条小狗成了他最好的朋友。小狗有一尺多高,很和善,从不咬陌生人,好像没有狗的本性,听不到它汪汪的叫声。儿子把最好吃的零食给小狗吃,弄得院子里到处是面包、饼干、香肠之类的,狗连面包都不吃,气得我教训了儿子一顿。可小狗和儿子总是形影不离,总是围着儿子蹦蹦跳跳的。我也喜欢小狗,也偷偷给它些好吃的东西,可它和我的关系总比不上和儿子的关系密切。我们去妻子的大姐家串门,小狗跟前跟后,有时碰到其他拴着的狗狂吠我们,小狗就定定站着瞅着那狂吠的狗,直到我们走到安全地带才赶来,妻子说它是在保护我们。

暑假儿子独自去外婆家玩,一天他一个人偷偷到镇子上去,小狗也跟着他。儿子说走到半路,小狗便走走停停,大概是从未去过陌生的地方,不想去了,等到儿子走出一段距离,它又赶上来,又不走了。儿子拔了些青草,拧成草绳,将小狗拴起来拉上走,小狗走了两步就死活不走了,没办法,他们又回家了。

今年过春节,我们去儿子外婆家过年,那条小狗已被送给同村亲戚家了,儿子随即去亲戚家看望小狗,小狗被拴着,看到儿子特别高兴,他们玩了很长时间。所幸他外婆家又养了一条才三个月大的小狗,不到半尺高,一尺长,也被拴着,很胆小的样子,冻得瑟瑟发抖。很快,儿子又爱上了这条小狗。可刚开始小狗很怕儿子,儿子一叫它就钻到窝里去了,儿子硬把它抱到怀里,它吓得哼哼直叫,尿都撒到了儿子的手上。不到两天,小狗已和儿子很熟了。我看小狗被拴着不自由,和儿子把绳子解了,晚上又把它领到屋里来,小狗也变得活泼了,总是在儿子的脚周围扑来扑去的,它真的不懂事,不论儿子站着还是坐着,总将儿子的衣服抓得很脏,惹得儿子很生气。我和儿子把狗窝重新搭建了一番,很严实很暖和,可它晚上还是在屋里地上卧着,家里人都习惯了。

有一天下午,我们又去大姐家玩,儿子和我同声说,将小狗领上。小狗从未出过门,在我们后面高兴地半惊半诧地跟着,它过马路时,我们已到马路对面,小狗正过时,被一辆飞速冲来的摩托车撞了,它尖叫着跳回去倒在地上就起不来了。我很生气地叫住骑摩托的小伙子,儿子即刻跑到小狗跟前蹲下去,看着小狗痛苦地挣扎,儿子的眼泪立刻流了下来,他无助地看着心爱的小狗慢慢死去。他看着一条熟悉的生命痛苦地死去,心里难过极了,最后愤然起身回家去了。他既可怜小狗死于非命,又气愤骑车人的无情,然而他无任何办法,那样无助和悲痛。我教训骑车人骑得太快,我的二姐夫、二姐、老岳父、老岳母还有邻居都出来看究竟,二姐夫和我训斥那骑车人,可老岳父安慰骑车人说你没事就万幸了,赶紧走吧。我说你过村庄时骑那么快干吗,要是撞到人咋办,骑车人说我们要多少钱他赔,我说要你几十元钱有什么用,能买回那条生命吗?最后骑车人悻悻地走了。

我心里很不是滋味,我想应该叫骑车人给我儿子赔礼道歉,那条小狗的生命是和儿子的生命连在一起的,小狗死了,儿子难受,我也难受。

我回到家里,外婆抱着儿子,儿子还在哭,哄不乖,最后他包着头睡了。

为了不让儿子看到小狗,我将小狗的尸体埋了。我想儿子睡着会心里一直想此事,心里会一直难受。我又去把他哄劝起来,到大姐家去玩扑克牌。

晚上从大姐家回来,儿子突然小声问我,那小狗呢?我说埋了。他说埋到哪里了,想看看,我说已经埋了就别看了。在外婆家最后的几天里,我们谁也不再提起小狗。

有时,儿子悄悄打开手机,看看给小狗拍的照片。

儿　子

　　儿子今年十五岁了,再过几天就要中考了,总觉得要为他写点什么,而平时很少写的。回想起来,我也不是一个合格的父亲,特别是想起他小时候被我呵斥或施以暴力而怕我的样子,心里就酸酸的、悔悔的、戚戚的。

　　儿子是独生子,出生时我在乡下教书。那时妻子是一位临时代课教师,一月120元的工资,日子过得很窘紧。本打算去县医院生孩子的,但妻子同学的婆婆自告奋勇说在家中接生,她在当地开着诊所,是有名的接生婆,也是我们有意省钱的缘故,就在学校分配给我们结婚居住的一间半房子里生下了儿子。我在套房门外等着,接生婆和岳母在里屋接生,等了好长时间,突然听到孩子一声清脆的哭声,看表是晚上7时40分,我记下了,儿子的生日是1997年12月10日,阴历十一月十一。我又去买什么东西,校园里明明暗暗的,学生在上晚自习,老师也在忙各自的事,静悄悄的,没碰到任何人。我不知怎么猛然激动起来,有一刻走路脚下都不平稳了,心想明天他们都会知道我有了儿子,是名符其实的父亲了。事后听妻子说,孩子刚生下时没有哭声,接生婆在屁股上拍了两掌,才哭出声来。接生婆后来也叹道,自己主动要来接生,孩子却没有哭声,要是有个三长两短,自己如何担当得起,想起来都后怕。而我至今想起,也是后怕,好在幸运,然而,总觉得对不起妻和孩子,毕竟一生只生一个孩子啊!

　　我从此便溺爱着儿子,常对同事说,真是"玩物丧志"了。可我清楚地记得,自己第一次对儿子的施暴。儿子生下后,妻子不再去教书,我们买了一台冰柜,妻在校园卖起了雪糕饮料,其时还有另一老师的家属也卖雪糕饮料,妻在学校大门这头,那家在校园后头即老师居住区。中午吃完饭妻便赶着去守冰柜,我从她怀里接过刚吃完奶的儿子,那时儿子一岁多,大概吃了几次雪糕,尝到了甜头,便用手指着要雪糕吃。我们怕他吃坏了胃,妻哄着他离开,我抱着回宿舍经过另一家冰柜时,他又指着要雪糕,而且扭着身子哭闹起来。我哄着他到房间,他还哭个不停,我失去了耐心,把他放在床上,用毛巾擦汗,就顺势用湿毛巾重重地打在他胳膊上,他肯定感到疼了,戛然止住了哭声,用惊恐的眼光看着我,好像不认识我了一样。他那双惊恐的眼睛,一直深深印在我心上,我怕是永远不能释怀了。

  妻为了多卖几个雪糕,中午再热再困都要守在冰柜旁。我在家里照看孩子,有时实在太困了,就把几个枕巾接起来,一头绑在儿子的腰上,一头挽在自己的手腕上,任他在床上默默地独自玩,我却沉沉睡去。有次醒来时,他竟然拉了一床的屎,我急忙收拾了,生怕妻子知道,又觉得对不起儿子,幸亏他没抓着吃到嘴里去。

  我照看孩子总是有疏忽的,有次校长叫我在他家中说事,我们住在同一楼层,将孩子丢在床上便过去了,校长玩着无聊的游戏,说着一些无关紧要的话,我心里想着孩子,等校长把话说完,跑到家中一看,孩子果然掉在地上哇哇大哭呢,心里真是悔恨。

  儿子会走路不久,有次放学后突然不见了,我们天里地里寻找,总无踪影,学校大门紧挨着公路,莫非让人抱走了。妻急得快哭了,又去街上找,还是无踪迹,我们逢人就打听,几个老师也帮忙找,后来一位老妇人说好像看见一个孩子去小学那边了。我们学校是中学,后边连着小学,远离马路,很是僻静。有次周末我和妻领孩子去过小学一次,操场上有秋千架,按着他在秋千上玩了个尽兴。我们快步跑到小学,果然他一个人在秋千架旁周旋,其实一个人是没本事坐上去的。谁能想到他那样小有那记性,又那样胆大,乘我和妻都忙时竟一个人去找秋千,我们真是又惊喜又感动。

妻总是很忙,而我干着教导处的工作,又代着初三的课,也很忙。有次去县教育局为学校办事,回来说孩子的手被自行车链子夹了。是他一个人搅动学生停放的自行车脚踏玩,一只手却夹在链子和齿轮间,可能是感觉疼了,又使劲搅动,却夹得更紧了,便哇哇大哭起来,妻也无法弄出来,后来一位老师想办法取出来,弄了好长时间,他也疼了好长时间,哭了好长时间,真让人心疼。后来妻承包了学校大灶,更是忙了,便商量将孩子送到外婆家,每周末去看一次。有次和孩子分开太久了,去外婆家看到他时,他竟然不好意思起来。可每次我和妻去学校时,他在外婆怀里大哭着不愿分开,一只手伸向我们,要跟我们去,我们硬生生地看着他竭尽全力留住我们或想跟我们去的哭着的脸,狠心走了,不知他哭了多长时间才被哄乖的。有次实在不忍心,便哄他说不去学校,是去村里商店给他买东西,他便止了哭,半信半疑地看着我们。我和妻向商店的方向走去,又折身猫着向学校走,没想到被他发现了,隔着院子大哭起来,他外婆高声说别再招惹了,赶紧走吧,我们便狠心走了。有时临走时看他哭我们不忍心,便给他几块钱,哄说让他去买好吃的,他拿着钱看着,好像有点高兴了,止了哭,但我们要走时他仍然会大哭。唉!现在想来,何必呢,但又有什么办法呢!

后来我调进县城工作,住在单位的一间办公室里,周末妻带儿子来看我。我们挤在一张床上,心里却充满了幸福和希望。有次我在赶写一篇署名文章,因有一同事已经写过一篇,很受领导赏识,我自想不能落后的。那天下午妻带着儿子来单位,他们很愉快的样子,晚上我继续赶写材料,但儿子还在床上玩闹个不停,我便来了气,狠狠地训斥了他,他就安静下来了,妻也情绪低落了一大截,便哄着孩子睡了。后来想起,真是后悔,他们大老远来看我,心里很兴奋,却被我训斥了,像是浇了一盆凉水。我也幼稚得很,给领导写一两篇署名文章就能提拔我吗?还有一次,我和妻抱着儿子在街上转,那是正月里,水果摊上摆有外地的西瓜,切成牙儿卖,一牙一块钱。儿子要吃西瓜，妻嫌贵不买，我们抱着哭着的儿子回到了单位。为什么舍不得一块钱呢……

儿子上小学后，我对他施暴的次数多起来，多因为学习的缘故。因他的不用功和粗心大意，我一边指着做错的题斥责着他，一边不由自主地将重重的巴掌落在他后脖上，他很少哭，偶然也哭，打的重了，妻子也偷着掉眼泪，骂我心太毒。儿子三年级时，刚学英语，有次晚上读英语单词，一个单词读错了，我训了他，他怕极了，不安地看着我，后面的单词竟也结结巴巴读不出来了，我更生气了，啪地将书甩在地上。我实在太残酷了，他那样小，刚学英语，何不哄着他读呢！

他逃过一次学，本不算真正的逃学。那是个周六，不知哪儿来了个名师在学校做观摩教学，班主任点名让学习好的去听讲。他头天说第二天要去学校的，第二天他早早地出门了，我们都以为他去学校了，快中午时我去妻的单位找妻，路过一个台球摊时，发现他竟然和同学在打台球。我远远地站着看他，他突然发现了我，脸色骤变，放下球杆如大祸临头地来到我身边。我气极了，先躲到没人处狠狠地斥责了他，然后不管不顾地走开了。他一直跟在我身后，到了妻的单位，她正忙着，在另一间办公室里，我又狠劲地骂他，接着在他屁股上踢了两脚，命令他写上午发生的事情和认识。他乖乖地趴在桌子上写，我向妻报告了他上午的行为，妻也在抱怨着，叫我好好收拾，又忙去了，她却不知我踢了儿子两脚。不一会他写好了，原来周末放学回家的路上，一位同学跟他说，第二天早上不去学校了，在外面玩一上午。他说怕不好，父母知道了怎么办，同学说玩到中午回家，老师不知道，父母也不知道，都以为他们去了学校。第二天早上儿子下楼后，那位同学已等在楼下，他们先在周边玩了一会，天下起了细雨，有些清冷，他后悔了，且心里总是不安，想早些回到家里，又不敢回来，在楼下徘徊了好长时间，又和那位同学打台球去了。他也承认了错误，保证以后不再逃课。我看完心里有点凄然,又后悔揍了他,他小小年纪,怎能承受我的暴力呢。我领着他回家,路上问他疼不疼,又给他买了喜欢吃的水果。

小学六年,他的学习成绩算得上优秀,"三好学生"、"优秀班干部"、"文明小少年"等都得了,我也借机当了两回"优秀家长"。上了初中,我心想不必下死工夫去学,到了高中再全力以赴,不承想第一次中考成绩和名次滑落得很厉害。经过班主任对我"教育引导",我便对他苦口婆心起来,他却全然听不进去,依然我行我素。初一、初二我也施行过暴力,但他逐渐显现出对社会对人生超年龄的成熟和"玩世不恭",所有的人在他那里都是嘲笑的对象,也和我肤浅地说起中国教育的弊端所在,也多因我的个性和言论影响。然而他和我发自内心的交流也越来越少,突然觉得我对他不能掌控,不能走进他的内心。可幸他是懂事的孩子,在家长和班主任地说教下,端正了态度,在初中也还算优秀的学生。

当然,我和儿子幸福快乐的时光毕竟占绝大多数。他小的时候我们一起做游戏,打闹、"欺负"妻。每到他的生日,总要买礼物的,出差回来,总要买好吃的东西和玩具。到他长大些时,也渐渐不迷信我的权威了,我们一起讨论天下大事和国家大事,特别在体育新闻和体育知识方面,他倒成了我的"权威"。乒乓球、台球、NBA、CBA等都是他最熟悉的。他也痴迷于一部电视剧《亮剑》,百看不厌,而且曾说班主任向他们班同学问理想时,有一位同学竟然回答长大后去抗日,可见《亮剑》的影响之大。

他也有出格的时候,小学时因我的影响,他喜欢上乒乓球,跟上我打了一段时间,后来给他请了专业老师。他也因真正喜欢而十分用心,两三年下来便能代表全县出去比赛了。上初二时,一次妻的手机上接到一条短信,告知工资上取走200元钱。妻很纳闷,也找不到自己的工资卡,就去银行询问,营业员说有一位中学生来取了200元钱,肯定是你家的孩子。妻打电话托学校一位老师去问儿子,儿子承认了,卡他还拿着。那老师给妻回电话说我们家长应去学校看看,说最近放学时校门口有大学生向小学生讹钱的事。妻向我说了,我很生气也很着急,心想是不是儿子被讹时答应给坏学生钱,才偷取的。我快放学时去了学校,碰见班主任将实情告诉了,班主任说儿子平时不跟那些学生交往的,也不是好事惹事的,不可能被讹钱,叫我问清楚再说。我也叮嘱班主任别在班上提及此事,以防伤他面子。儿子在教室门口看到了我,怕我当着其他学生的面教训他,装作若无其事的样子。我也明白他的意思,便先下楼在学校门口等他。放学出来,他怯怯地跟在我身后,走到人少的地方,我问他怎么回事,他说在网上看了个乒乓球拍子,过年时攒的压岁钱不够,短200元,有次和他妈取工资时,他记下了密码,便偷着取了。我没太责怪他,心想应该给他买只好一点的球拍了,便教训他想买球拍钱不够跟我们明说,而且要跟我们商量,怎么能偷大人的卡私自取钱,你是学生,以后再不能这样做。他害怕的神情才放松下来。那次在网上购了600多元的拍子,后来他代表全县参加全市运动会时,买了1300元的。现在他正在集训,准备代表市里参加全省的中学生运动会,我们都很欣慰。

后半年,儿子就要上高中了,愿他能刻苦学习,又健康地成长,其实这是一种矛盾的心思,全因了应试教育。

月亮峡

据说月亮峡原名造蕃沟,不知何年何代,一群农民聚此起义,被官兵围剿,被迫逃至蕃域定居,繁衍生息,概因造反成蕃而名之。后又照其貌改名月亮峡,富含女性之韵和诗意之雅,真是莽汉变美女,道不尽的人情世故。

月亮峡居于徽县之南嘉陵江之畔,进入峡口,便有森凉之气扑面流出来。峡壁矗立,或如斧削,或如尖塔,或突兀,或凹陷,犬牙回转,豁闭相间。岩层纵横参差,斜杂相乱,那岩层里面定然储存了时间的荒古和永恒,储存了古生物的气息和大自然的沉寂,如果撬开那岩层,定会有远古的一缕阳光迸射出来。有一处岩层倾斜的岩壁,似天外来石,以千钧之势插入峡谷,直压得它下面的岩石支离破碎,又高高抬起上边的岩石,似乎站立不稳的样子,而它顶端的斜尖峰,直指天际,永远追问着自己来自哪里?岩壁上流下一绺绺的黑渍,是时间在无限等待中无奈的泪痕?或是逝去的容颜的零落的胭脂?月亮峡有时颇具气势,峡壁对开耸立,有遮天蔽日之势,生清凉养息之气。峡底乱岩错纵,异石类聚,石水相生,激越清韵。乱石或如蛙,跃跃欲跳,或如龟,俯首颔泰,或如兔,顾盼寻觅,或如牛,盘卧回望,或如卵,星罗棋布……有相互挤着的,有相互守望的,有的独居傲立,有的遥遥相望,有的孑然伶仃……

月亮峡的树,杂木丛生,草长灌秀,其状迥异。有处繁缛层叠,堆砌而出;有处高低错落,盘根缠藤;有处疏朗斜横,花枝妖冶。有绿荫盖地的,有漏光斑驳的,站在高处,看阳光照在深林中,蒸腾起团团绿韵,浸染了空气。花木保持了本来的洁净,不像在雨中洗过,像自然素美的少妇,没有刻意的干净。从岩缝挤出的树木,似乎根连着水源,枝杆湿润,叶尖不时滴下水珠来。沿峡而进,逆水上溯,脚边逶迤蔓延着各色花草,最繁盛的是刺玫花和马莲花。刺玫花当地人称七里香,一堆一堆的,枝条丝绦般排开垂下来,挂满了嫩黄而细小的花瓣,散发出耀眼的光晕和郁烈的腥香,像擦过浓的脂粉,要把人熏醉的样子。马莲花一身纯绿,举一枚蓝色的花朵或半点呼之欲出的花苞,成片相连,像无数只明亮纯净的眼睛,好奇地看着路边的行人,散发出淡淡的幽香,似乎不着色而自芳,绵绵无穷尽。鸟鸣或隐或亮,或脆或甜,或流畅或婉转,或清朗或呢喃,有时像细碎的金子,洒在水面上,明明闪闪,有时如汩汩流水,穿过石底,断续留恋,它们为石引吭,为花赞歌,为水扬善,只是看不见一只鸟的影子。它们是月亮峡的精灵,是月亮峡的情感,只能感悟,不可寻求,更不可亵渎。

  月亮峡的水,最初是从岩罅间渗漏出来,从树叶间滚落下来,那是地层深处的水,是云气凝结的水,点点滴滴,涓涓曲曲,汇聚成溪成瀑。那水或动或静,或急或缓,沉静幽谧,像一个人深藏的心事,神秘莫测,间或在阳光地照射下,弥散着水气,浮光掠影,返照在青苔上,光怪陆离,穿石飞瀑,照亮了岩壁的心房,使整个峡谷空明起来;动时溶溶荡荡,不卑不亢,震撼你的心灵;缓时款款落落,风韵流畅,仿佛她浅淡的笑容,灿烂了花朵,明媚了阳光,生动了整个峡谷。有时流水聚集成潭,大小岩石横卧其中,似乎在考验着彼此的真诚和意志。石对水说,我日日夜夜年年岁岁守在你身边,不知何时将我磨光变性?水笑回道,只要你有耐心,就等着吧!

  月亮峡,石中有树,树中有水,水中有石,石中有水,幽深蜿蜒,森凉静谧,是一个旅游避暑的好去处。

神奇的九寨

第一次去九寨沟,感于斯地而抒怀,却又笔力有限,譬如题目,姑且借用那首歌名吧。其实,九寨沟的容貌神韵,岂能用笔墨记述得出呢!

沟口外

前一天抵达沟口外住宿,从九寨县城绵延 40 公里至沟口,便尽显出她的与众不同。两旁山上的植被浓郁青翠,一尘不染,是一种朴素的干净。公路两边是一片一片、片片相连的宾馆和藏族民居,建筑呈现藏民风情,古朴大方又不失现代气息,大白大红大绿相间,颜色炫亮明快;有些民居前竖起十几条各色幡旗,迎风招展,抖落了无限幸福吉祥。仰头是原生态的蓝天白云,下面是翠绿屏幛,再下面是亮丽的建筑带,大自然在这里尽情地勾勒和谐优美的画卷。

晚上去逛门店,但见那坐满游客的客车一辆接一辆,似那路下的江水,滔滔然川流不息。据说黄金周九寨沟日接待游客达 10 万人,平日接待量 1 万人以上,景区有 200 辆大轿车调度运送游客,于是和同事慨叹九寨的天方宝地了,也慨叹旅游业给当地带来的丰厚收入,更感叹九寨沟人当初大力开发旅游产业的远见卓识。正是对九寨沟的开发与保护,使得九寨沟赢得世界自然遗产、世界生物圈保护区、绿色环球 21 三项国际桂冠,为人类留住了自然的神奇。

海　子

　　九寨沟由南向北次第升高，中途又分出两条沟，一条伸向东北，一条伸向西北，呈"丫"字状。海拔从沟口的1000多米升至开发区尽头的3000多米，如果从遥远处或空中看九寨，我想定会淹没在无边的绿中。

　　水是九寨沟的魂，而水的颜色又是九寨沟的灵。九寨沟属喀斯特地貌，形成了很多大小不一的湖泊，当地人称海子。从沟口往里延伸，依次有芦苇海子、火花海子、树正群海子（又称老虎海）、犀牛海子，至分沟口向东北依次是镜海、五花海、熊猫海、箭竹海、天鹅海、芳草海，分沟口西北是下季节海、上季节海、五彩池、长海。这些海子就像一枚枚蓝色的天然宝石，镶嵌在九寨沟的美丽身段上，掩映于厚重的青翠中，幻化于无限的绿色中。这些海子不仅是蓝色的宝石，更是九寨沟的魂，那样纯净简化，那样至美至善，没有一丝杂念，没有一粒世尘，清高而神圣。正如一句话所说，人类只有一个地球，地球上只有一个九寨沟，而九寨沟的海子是上天特为九寨沟创造的，是天下独一无二的，而海子以她的颜色折服着人们的判断。

　　天下好山好水常以"青山绿水"来形容，青山绿水又成为人之情感表达的凭借，《红楼梦》里"恰便似遮不住的青山隐隐，流不断的绿水悠悠……"李煜之"问君能有几多愁，恰似一江春水向东流"句，千古绝唱，凝结了多少人美好的思想感情。但九寨沟的海子却孤标自尊地打破了这一点，"青山绿水"于九寨沟绝不能尽其形质，但当为"翠山蓝水"了。海子的蓝神秘莫测，朱自清先生当年写了《梅雨潭》名篇，可惜他未去写九寨沟的海子，不然不知有多少香墨玉语流芳人世。海子的蓝，显出了九寨的灵气，蓝是活的，不可捉摸，不同的角度不同的倒映呈现不同的蓝色，或者靛蓝、碧蓝、蔚蓝、黛蓝相间，偶有橙黄色和橙白色映衬，浮光掠影，缥缈虚幻，恍若仙境。那蓝定是天堂的颜色，定是哪位仙女的化身。仙女飘然而下，以翠山为屏，以秀水为居，以鸟鸣为歌，以飞瀑为舞，若说"青山绿水"是人之情感的最佳表达，则"翠山蓝水"为神之情感的最佳表达。

芦苇海狭长幽曲，生长着密密集集的芦苇，那海子似一条蓝玉带，生动鲜明地穿行于芦苇中。火花海、树正群海、犀牛海大抵相连，较为宽阔，身后岸岩直立，堆砌了团团厚密的树木。火花海身后岸岩上以枫树居多，每当秋季枫叶渗红，倒映在海面上，风拂过海面，便有万点火花跳跃，故名火花海。树正群海一半是倒映的翠山，一半是蓝天白云，在海子蓝的神秘笼罩下，形成奇妙的水下世界。犀牛海和火花海、树正群海大致相同，那蓝的水和水的蓝无限幽深，幽深得超出想象，幽深得使人惊恐，是因为世界上所有的蓝从这里散发。传说有犀牛来此饮水，尝到水之甘甜，便久居海边，定时现身饮水。犀牛是中国古代的神物，很早生活在古代中国大地上，却又很早地灭迹了。美国加州亚洲博物馆藏有来自中国的一只犀牛樽，属商代青铜器，惟妙惟肖，憨态可掬，是旷世奇宝，据说中国曾一次性出土五只犀牛樽。这说明在商代至少有犀牛生存，而商代后再无犀牛艺术品的踪影，按照中国地域发展的历史特征，是不是犀牛为避战乱或寒冷的气候而来到九寨呢？

至分沟口向东北延伸，有六个海子。镜海由于周围地貌的完美结合，水面平如镜，明如镜，鸟从海子上空飞过，映在水中，让人错觉鸟游水中，鱼翔蓝天。五花海在广泛的碧蓝中，固执地浸印着朵朵靛蓝，从高处望去，逼似孔雀开屏，真是天之造化；熊猫海、箭竹海、天鹅海、芳草海牵连相顾，大熊猫、天鹅在这里生得其所，奇珍异草在这里孤芳自赏。每个海子的浅水域都有各色形状各异的鱼生活，它们神情怡然，悠悠自得，目中无人的样子。

从分沟口向西北延伸，有三个海子，下季节海和上季节海，水位随季节变化而变化，冬季干涸，春季漫底，夏季上涨，秋季溢满。长海是九寨沟最高的海，也是最长的海，海拔 3000 多米，我想称之为天海最为恰当，说不定和天河是相通的。在长海和上季节海之间，便是著名的五彩池，水有碧蓝、靛蓝、黄褐、浅蓝、橙白五色，在不同的角度，五种颜色交替变幻，神奇奥妙，可惜水量少了些。

瀑 布

瀑布是九寨沟的裙裾和舞袖。有的地方十步一小瀑，百步一大瀑，形态各异，各有千秋。有的雍雍荡荡，目无旁物；有的涓挂素秀，我行我素；有的袅娜曲美，风流多姿；还有的在浓厚的绿中，转眼一缕白练飘洒而下，是一位仙子来赴会。著名的有诺日朗瀑布和珍珠滩瀑布，均在向东北的分沟里。诺日朗瀑布在镜海下面，落差20米，宽300米，水帘显得有些散落，薄厚不一，厚处水势冲泻，水雾腾翻，薄处轻柔洒落，滴打绿叶，有时巨石突兀，有时树木横生。飞瀑交融在一起，又如宫闱贵妇和民间美女和谐共处，给人意境绵绵，回味无穷尽的感觉。据说在早晨阳光的照耀下，常有道道彩虹横挂瀑布之上，更加美丽迷人。

诺日朗瀑布顶部平整如台，传说很久以前这里并没有瀑布，只有平台。有一年，远游归来的扎尔穆德和尚带回了贝叶经、铁犁铧和手摇纺车。聪明美丽的藏族姑娘若依很快学会了纺车纺线。她把纺车架到平台上，让过往的姐妹观看、学习，人们便称这里为"纺织台"。残酷无情的头人罗扎认为她在搞歪门邪道，一脚将她和纺车踢下山崖，深爱着若依的藏族青年诺日朗悲痛欲绝，他在惩罚了头人后，化身为高大雄伟的群山，他的血液汇聚成溪，成瀑，人们便把那群山称为诺日朗山，将瀑布称为诺日朗瀑布，诺日朗也成为当地的山神。大概那瀑布就是当年若依纺织的白绢，从平台上垂直落下来。诺日朗瀑布是忠贞爱情的象征，有很多情侣在这里拍摄结婚照。

珍珠滩瀑布在镜海和五花海之间，落差25米，宽90米，水帘是一个整体，气势恢宏，水声訇鸣，水雾腾出很高，翻出很远，浸染了四周，湿了游人的头发、眉睫和衣服，若置身瀑布潭旁，肯定四顾茫然，一团朦胧。《西游记》片尾唐僧师徒从顶部蹚过的瀑布，便是珍珠滩瀑布，可惜一般人无缘蹚过去。唐僧他们蹚过时也肯定是心惊胆颤、小心翼翼了。

滩

  珍珠滩瀑布顶部就是珍珠滩。一个宽四五百米的石质斜坡，坡面参差褶皱，不是很密集地生长着1米高的灌木，水从斜坡漫泻下来，由于坡面的不平和灌木的阻挡，水坡上溅起亿万点水球，就像亿万颗珍珠滚动跳跃而下。那珍珠又似生长在灌木上，不断地成熟、不断地滚落下来，到了坡边，又融汇成瀑布了。

  盆景滩处于芦苇海子西南侧，滩面凹凸不平，石块大小不一，青、褐、黄、橙、白等颜色各异，水流过滩面，水深两尺，因石而呈现不同颜色，间有蓝色深潭。石块上生长出高一两米的灌木，枝杆蔓延，垂盖水面，仿佛树从水中生长出来，根就扎在水中，虽名盆景滩，倒是看不出盆景的意思。在水的流动中，一棵棵树竖立在清澈透明中，是一个童话般的滩。

  盆景滩底部是水磨坊和小桥流水人家，树变高了，形成了树林，也生长在水中。著名影片《自古英雄出少年》即在此取景拍摄。

原始森林

  从沟口进入，两旁植被便不俗起来。有处挺拔的针松排成方阵，横剑执戈，森严威仪；有处杂木丛生，乔灌臃拥，枝藤蔓绕；有处树冠堆簇成几平方公里的整体，不见枝杆，只见一片深厚的绿，绿蒸冉冉，染绿了一沟的空气；有处团团挨挤，层叠繁垂，山岩承载不了太多的绿，那绿似蜡烛的泪滴，随时滚流的样子；或者偶然一块草甸，将挨挤的树硬是逼回去，脚站不稳，头便倾伸过来，快触到草尖了。

东北的沟顶，便是原始森林，最高处海拔4136米，前面是芳草海。仿佛沿沟所有的树木都是为原始森林过渡的、铺垫的，就像进入一个很大的寺院，从大门进入先看见很多的神尊，最后才到正大殿。又仿佛沿沟的树木都是原始森林所衍生，它们的绿、水分、形态、年龄、情思都由原始森林所赐，构成一个和谐的体系，仿佛是充满智慧的另一个世界。

原始森林尽是岷江冷杉，进入其境，只觉无限幽邃高古。每株冷杉笔直参天，地上由于阳光被遮挡，一层厚厚的腐枝，散发出古朴的韵味。在我想来，冷杉的名贵，在于它自然生长的粗壮高直，通身竟无旁枝的痕迹，若不仰头，眼前便是一根根天柱，又像是一座神圣的殿堂。

向西北的沟顶，生长着著名的红皮松，和青松翠柏杜鹃等几十种树木丛生，通过栈道进入腹地，不同树种的枝条互相穿插，勾腰搭背，不同种类的树叶互相摩挲，层层叠叠。栈道上空的树枝交叉形成拱顶，便是一个天然走廊。凉风穿过树隙，湿的空气贴在脸上，临空而下，真有点舍不得走下去。

如果说原始森林是如来的灵山圣地，那红皮松林便为观音的南海仙池了。

栈道和生态保护

九寨沟所有景点之间均以栈道相连，专供游人行赏。栈道用材就地伐木。栈道底部用滚木支撑，有11处水从栈道下流过，人似在水上行走。栈道表面皆用铁丝网加固，防止游人打滑或木板磨损；栈道栏杆被漆成绿色，完全和自然景色融为一体。游人进入九寨沟，就如进入圣地，不自觉提高了敬仰之情和环境保护的意识，犹如九寨即为自己的至爱，不自觉爱护起来。景区内所有调运客车均为电动车，环保工作人员高度敬业，见不到一丁点垃圾。有一处栈道贴在地面,没有栏杆,旁边是一片青草坡,有游人提议在坡上合影,即被工作人员阻止。那工作人员担心而专注地盯着游人的足迹,生怕他们踩踏栈道旁的每一棵草,眼神令人感动。其实,仅游人的脚步、呼吸、拍照闪光,九寨沟已承受不了了,又怎经得起垃圾的污染呢!

  我对于九寨沟的感受,只是走马观花,仅触皮毛。有一导游说,九寨沟的一草一木,皆有佛性。等有钱有时间了,再细细感受她的每一株草、每一棵树、每一滴水吧!

康县阳坝

阳坝居于深山之中,绵延数十公里。举目除了蓝天,便是青山,再就是青山根的峡溪了。

峡谷两边的山峰很是没有规则,高低参差,锐钝不一,前后错落,有的直接青天,有的似乎刚刚长高。所有的山被厚厚的绿包裹着,只有团团树冠相互挤拥,又似团团的绿堆砌、繁盛。谷底的河溪宽散无序,遍布的石头很散乱,溪水很散乱,散乱了鸟的鸣叫声。

逶迤而进,有散落的农户,如果他们生计无忧,家境平顺,便是生活在世外桃源了。然而居于深山而不奢望外面精彩的世界,只有阅世已久而泰然处世之人方可做到,正如外面的人想进来,里面的人想出去,谁能说得清呢?

到了月牙湖,是一个幽谧的处境。水面可分三色,几许像九寨沟的水色,远处是深绿,中间是赭色,近处又是靛青色。有几棵大柳树生长在湖边,几条根遒劲地斜插入水中,坐在树根上,躺下来,伸手可及水面,微风吹拂,吸着清新的水汽,心房都感到沁凉了。无数涟漪连续排开,一眨眼树在水面上漂移,一眨眼又定下来,一眨眼又漂动了。远处的水面波纹一圈圈散开,在阳光地照射下,像无数闪烁的银针在水面上跳动。

天鹅湖是阳坝的正景。

天鹅湖的水很满,几乎和湖堤在一个平面,风一吹,就能溢出来;天鹅湖的水很绿,是幽深的绿,绿得深不可测,很神秘;天鹅湖的水很柔,似乎能用手捞起一串,又似绿中含着腻,清透的腻;天鹅湖的水很嫩,像朱自清说的,是鸡蛋清的嫩,嫩得不忍用手碰;天鹅湖的水很清,能看到水底大小各异的卵石,看似很浅,用船桨探下去却很深。微风吹起的涟漪,被阳光影射到水底,形成一排排或一圈圈光晕,恍惚着,移动着,将湖底静静的卵石也带动起来,波浪式地炫动着,是童话般的世界。

天鹅湖没有天鹅,只有两只白色的水鸭,全然不怕人的样子。

阳坝除了绿的山,清的水,便是茶园了,卖茶叶是当地茶农的主要收入来源。有一家人在园中采茶叶,太阳无遮拦地照着,他们顶着烈日,想必很辛苦,这和电视中看到的穿着干净的采茶女是完全不同的,看来真正的劳动都充满了艰辛。

感受拉萨

　　天,蓝得很辽阔,蓝得很寂静,蓝得使人心痛。是无穷无尽的蓝,是纯纯净净的蓝,是天堂的颜色,是心灵的衣裳,是世界上所有蓝的发源地。云,从山峦背后生长出来,嫩嫩的,厚厚实实的,像绽放的大团的白玉兰,扩散开来,纤纤的,至白中带着柔和,有时白得透明,渗出天蓝,吹一口气,便化得无影无踪。雾,像巨高的海浪,从山坡上翻滚下来,又静静地黏固在坡上;有时在坡的上空,举一团或一片雾,似乎生长在空中,一动不动;有时穿山脊渡沟壑,似虚幻的白色长龙,飘到很远,连接到远处大团的雾里。山峦很低,天亦很低,云雾更低。黑褐色或黄褐色的铁一样的山峦,那样干枯,弥散着荒凉,由于冰川作用,有一处显得很杂乱,那缝隙里,渗透着时间生动的惊天动地的作用,一块鸡蛋大的石头,是怎样从海底上升到海面再到高山再到被冰川覆盖再到冰川退去又接受太阳无遮拦地炙烤和凛风的吹割,只有时间知道,而时间总是悄无声息,无动于衷。有些山峦被白雪覆盖,对比那样明显,太古的山峦,神圣的白雪,相融成一种精神,一种使灵魂得到静息的精神。

　　山峦下面是草原,海拔高的地带,草显得有些稀薄,而海拔低的地带,草生长得很茂密,青青繁盛,点缀着大大小小的水域,像大大小小形状各异的明镜,躺在草地上返照着天空。时值八月,是西藏草原最惬意的时光,气温不高不低,没有蚊虫。牦牛散落在草原上或坡上,是无数枚黑色的棋子,是纯净的黑色,不像羊群,毛色总是泛着暗黄,有的羊身上还被涂了巴掌大一块颜色,是牧民为了区分各自的羊吧,显得很不协调。此时,躺在任何一块草地上,望着蓝天白云,甚或伸手可及,将大鱼大肉在体内积攒的油脂稀释在无边的草地上,将富贵贫贱在头脑中积累的污秽释放于无际的天域。躺下来,让自己和每一棵草的生命平等,忘却中原的纷扰,忘却尘世的繁杂,让灵魂永远得到雪山的净化。

拉萨河分两支流过拉萨城。北边的一支,顺山而下,是固来的拉萨河,不修边幅,保持着原生的状态。南边一条穿城而过,是人工引来的,两岸透着现代气息,只是跨河的桥梁上,挂满了经幡,有红、黄、白、蓝、绿五种颜色,风吹过时,迎风招展,风中似乎含着经久的诵念声。河水清澈中含着乳白,是雪域的融水。

拉萨城是离太阳、蓝天和白云最近的城,建筑物都不高,也不密集,大方得体,色彩炫亮,悠然静穆。街道很宽,人也少,东西三条主街道,再由南北向街道连接,整个城市疏朗空明,和蓝天白云是一个整体。

布达拉宫,一块世界最高处的瑰宝,独具魅力,被列入世界文化遗产。远处看,肃穆雍伟。布达拉宫最早建于公元七世纪,由当时的藏王孙赞干布建造,规模宏大,并有几道城墙。孙赞干布死后不久毁于战乱,成为一片废墟,直到十七世纪五世达赖喇嘛时,在原址上建成现在的布达拉宫。

布达拉宫分白宫和红宫,主楼十三层,高115.7米,由寝宫、佛殿、灵塔殿、僧舍等组成。白宫墙体的白色,是由牛奶泼流而成,每隔一定时间重新泼流一次,而红宫概由颜料濡就。墙体内压着一层层白马草,经久不腐,概为当地最好的建筑材料了。宫内过道室地,由一种特有的土质铺垫,由人工踩踏,看上去和大理石一模一样。布达拉宫内珍藏着无数的大小佛像,还有大量经典经书和一世至十三世达赖喇嘛的金制灵塔,都是无价之宝。尤以五世达赖的灵塔令人震撼,用去黄金三千七百二十一斤,灵塔上镶嵌着上万颗宝石。

在布达拉宫下,有一对远道而来的中老年夫妇,大概刚从宫中朝圣出来,他们的心情十分愉快,好像克服了一个巨大的困难,或者在祸不单行的日子，突然一切不幸都过去了，此刻的精神和心情是平静而愉悦的，甚至内心有些激动。男的吃着一颗苹果，连皮带核都吃下去了。现在，吃对他已不重要了，重要的是他们夫妻俩从灾难中都走出来了，精神上显得无比轻松愉快，也对帮助他们走出灾难的佛心存无限感激。夫妻俩一边对话，一边吃东西，从他们的表情、动作可以看出，他们所享受的不是食物的味道，而是精神和心理的解脱。男人的手有时因激动而颤抖，女人说话时语言都不连贯。

西藏日喀则区和山南区，也就是后藏，是扎什伦布寺的所在地。扎什伦布寺内有六大金顶殿，供奉着世界上最大的铜铸弥勒坐佛像，高26米，用去黄铜23万斤；供奉着历世班禅的灵塔，除十世班禅灵塔用黄金铸造外，其他班禅均为白银铸造。还有大量佛像和经文、珍贵金银玉器等。

在扎什伦布寺，我遇到一位朝拜的女人，从蓝缕的衣衫看，是从很远的地方来，她虔诚地一步一叩头，且手掌上不带任何防护的套具，但她的精神是有寄托和追求的，她的生命是真实而有意义的。

西藏有数不清的大小湖泊，藏族人称湖为措，最著名的有三大圣湖，即拉木措、羊卓雍措、玛旁雍错。拉木措海拔4700多米，是世界上海拔最高的咸水湖，总面积1920平方千米。站在湖边，水波荡荡，水浪翻滚，水声轰鸣，似站在海边。天气阴郁，风很大，我们见到的拉木措只是她的裙裾一角，被风吹着，总是不能垂静。她的身边是念青唐古拉山，在西藏的传说中，拉木措是念青唐古拉山的妻子，好像念青唐古拉山很雄伟，很俊美，很骄傲，当然也很风流，羊卓雍措便是他的情人，他们还有个私生子，在林芝境内，山顶终年云雾缭绕，似戴着面纱，让人看不清面目，是刻意不让人看清楚吧。羊卓雍措幽静怡然，天和山倒映其中，分不清水和天，真正水天一色了。如果说西湖是大家闺秀，那么，西藏的圣湖便是人间之外的仙女，她们的性情、神色、打扮和中原名湖迥然不同，居住环境也没有亭台楼阁、柳堤桃渡，只有一抹雪山，或者青青的牧草，头顶是蓝天白云，全无人间烟火，逸然世外。像我这种俗浊男子，对西湖之大家闺秀都自我卑怯而远之，对圣湖之仙女只有顶礼膜拜了。

如果你高原反应不太严重，拉萨是最好的居住地，气温不高不低，夏无蚊蝇，冬不寒冷，躺在青草上，让目光触摸蓝天白云，让脸贴近天空，让灵魂升到天堂，让心沐浴佛光，生命的真谛，或许真正得到了诠释。

天不悯人

8.12洪灾发生以来,我一直在办公室做文字工作,听现场回来的人说,灾情有多严重,但自己只能想象。

8月17日,随领导去受灾现场。

进入伏镇地段,沿路沿河就疮痍萧条起来,不断有冲毁的路基、塌方,宽阔的河床尽现暴洪肆虐过的痕迹,巨大的石块、树根零星栽在淤泥里,有一处的庄稼平展地贴在地上,像用梳子梳过一样。多处的断路已能简易通行,本地和外地救援人员仍在紧张地抢修加固。

到了江洛地段,灾情明显严重多了,河道和路旁,石块、树根和杂物混在一起,随处堆壅,连一抱粗的大树也连根拔起斜躺在路边。有些河床整片匍匐着厚厚的一团团树根、柴草,再也看不到庄稼的影子。还有一段,一片胳膊粗的树,没有叶子,只有光秃的树干,连树皮也被刮掉,像沙漠里倒下的千年胡杨,白晃晃的刺眼地齐齐指向洪水远去的方向,似乎在无助地控诉着,追问着……

沿河、沿路两边的山沟口,全部堆积着乱石树根。很小距离的两个山坡之间,不知泻下多少雨水,聚到山沟的洪水将树、土、松动的石块全部刮下来,露出了坚硬的青石山体。

在殷家沟,沿公路边有好几处灾民安置点,一户一顶帐篷,很密地布置着。人们大多没有做饭的灶具,大概近几天只能吃救济的方便面了。好一点的灾民还有一个火盆,上面拢着冒青烟的湿柴,再上面是乌黑的水壶。

一位老婆婆在帐篷前的火堆旁,在几根冒青烟的湿柴上,烘烤着一片折起来的湿的硬纸板,不知是用来铺床板还是做什么。我走过去，她侧抬起头，眼角和嘴角露出一丝苦涩的笑意，是仍处在极困难中的她对我们的一种感谢的笑意。我看着她想说什么却什么也没说，又低下头翻弄纸板了。我能说什么呢，我一个小小的干部，能解决他们什么困难呢，我觉得我连安慰老婆婆的话都无资格说，有那么多的领导在现场。我掀起帐篷门帘，看到地上湿漉漉的，支着一张简易的床，旁边摆放着几件生活用具。

送走了省、市来视察救灾物资发放情况的领导后，在江洛镇领导地陪同下，我们去张家沟慰问受灾群众。张家沟是江洛镇殷家沟村的一个社，有16户人，12户的房子冲得没了踪影，所幸没有人员伤亡。

县上的一个领导约了两个部门的领导干部，给受灾户每户捐了一百元钱，买了一床被，一条床单，还买了几箱方便面。通往张家沟的路还阻断着，村民们正组织修路。听说我们要来，他们赶到山下来迎接，帮忙拿东西，很感激的表情和行为。

我们左拐右拐踏着还些许泥泞、高低不平、布满石块的通村路，在半山上走，看到河道里到处乱布着大小石块、树根等，有一处堆起很厚的泥沙，形成小山包，这里原本是人居住的小山村，现在倒像是大河的河滩了。有处田地被洪水刷去一半，像一块饼掰去一半，断面处垂下白白的树根。进入张家沟，除四座还能看出原貌的房屋，其他大都没了踪迹。村里人很少，似乎这里不曾是个村庄。有三户的房子，只在悬岸边架着一间，其余都被洪水冲走了，悬岸是洪水冲出来的，有三四米深，可见洪水带走了多少泥沙。在洪水转弯处，有大石、大树和树根横卧，堆塞了一层腐根杂草，散发出腐败的味道。在大石乱岩中，一条已经很清澈的小溪曲折流下。村里人说溪水已经改道，想来若没有山洪袭击，这里原本是风景秀丽的世外桃源。

有一户地势较高的住户，房屋基本完好，大家去慰问时，社长介绍说山洪暴发后的两天，失去房屋的村里人都在她家吃住。那妇人笑着说:"也是应该的,一家有难,大家帮助,反正大家凑在一起有啥吃啥,谁家有啥吃的全都拿来,哪怕一个人少吃一碗半碗,大家都能吃上些。"男人不知在远处忙什么,赶回来说,感谢大家来慰问救援他们,他们一定会互相帮助,重建家园。

在半路上碰到一位中年妇女,臂上挽着半篮刚从地里摘来的辣子和豆荚,当社长说明我们是来慰问她的时候,她却失声哭了起来,说她家房子啥都没了,男人在外地打工,洪水来时把她吓死了,这以后咋活呀。大家安慰了她一番,给了她钱、棉被和床单后,又去慰问下一家。

有一顶帐篷搭在一块高处的平地里,只有一位老人守着,慰问时他表情木然,走时,我最后望了他一眼,他坐在帐篷前仍木然地看着远方。他在回忆年轻时的事吗,或者在怨老天的无情吗。似乎他已不在乎灾难和死亡,他究竟在想什么呢?

到了下一处,有七户人家七个帐篷,在七个帐篷中间支了一口锅和简陋的案板,再就是一个水桶,几把菜。他们连做饭的器具都失去了,七户人家只能在一起吃大锅饭,只能暂时不挨饿,所幸有救济的面粉、清油和方便面等。帐篷很小,里面温度很高,地上也湿湿的,简陋的床板上不知是洪水来临时抢出来的被褥还是从亲戚家拿的,有一个帐篷要住一家六口人,想必是很拥挤的。大人们面色沉重,甚至有些面无表情,看得出,他们大多对今后的生活不知所措,不知什么时候能从灾难中走出来,几个孩子天真的脸和跑动的身影是这里唯一的一点快乐。

领导们最后讲了话,安慰大家说有党和政府的关怀和支持,有外界的关心和支持,让大家不要失去信心,鼓励大家积极重建家园。

返回时,有关方面已调铲车铲通了一段道路。我在想,张家沟的村民今后一段时间的生活还会很艰难,重建家园的任务很重。

天不悯人,奈何!

薛宝钗因进宫落选而反常吗

薛宝钗素以"品格端方,容貌丰美,行为豁达,随分从时",且善于体恤下人、世故处事而著称贾府,上下人缘极好。在小说中,其形容极少愠怒之色,语言极少斥伤之气,多时给人端庄贤淑、稳重和平的印象,即使内心有了别扭,受了委屈,也是笑着说话,却在第三十回一反常态,竟然当着贾母、王夫人等人的面,怒火中烧,指手斥人,语气恶狠,极尽讥讽棒打、淋漓尽致之态,直杀得宝黛二人落花流水,何哉?刘心武老师在"百家讲坛"中讲解说,是因为薛宝钗待选宫中"才人赞善"落选,故心中烦躁、郁闷,竟至自我失控,"出语伤人,恶语相向,尖刻度之令人难堪,比黛玉还胜一筹"。

薛宝钗之反常,与她的性格和形象格格不入,使人惊疑而不得其解,但诚如刘心武老师所认为,是因进宫落选而反常吗?

我们以文本故事情节为据概做分析:

刘心武老师还有个观点,认为薛宝钗选秀失利、心灵伤痕平复以后,就渐渐流露出了对宝玉的爱恋。

按小说情节,元妃赐端午节礼即为宝玉、宝钗指婚,在二十八回,按刘老师解说,其时宝钗已落选,之后即二十八回后,宝钗对宝玉渐渐流露出爱恋之情,而二十八回前,宝钗对宝玉并无爱恋之情,或者究竟她内心如何,至少表面上未流露出来(刘心武老师本意,二十八回前宝钗一心想着进宫选秀之事,并无心顾及宝玉),而事实是这样吗?让我们来看二十八回前有关宝钗和宝玉交往的情节。

薛宝钗进贾府第一次正面出场,是第七回,其时她病着,几天未出门,向周瑞媳妇叙说治其喘嗽病之药"冷香丸"配方儿,说了一大篇，便引出第八回宝玉去看望宝钗。宝钗因笑说道："成日家说你的这玉，究竟未曾细细赏鉴，我今儿倒要瞧瞧。"宝钗看过正面，再看反面，又翻过正面来细看，口内念道："莫失莫忘，仙寿恒昌。"彼时宝钗丫环莺儿也看得发呆。宝钗嗔她去倒茶，莺儿却嘻嘻笑道："我听这两句话，倒像和姑娘项圈上的两句话是一对儿。"又勾起宝玉索看宝钗之金项圈，那錾在项圈上的璎珞的正面是"不离不弃"，反面是"芳龄永继"，宝玉因笑问："姐姐这八个字，倒真与我的是一对。"莺儿笑道："是个癞头和尚送的，他说必须錾在金器上……"未及说完，被宝钗支走（宝玉、宝钗第一次同时正面出场，即点出"金玉良缘"，彼时其二人关系已很熟悉）。接着宝玉因靠近宝钗，闻得一阵阵凉森森甜丝丝的幽香，问后才知是宝钗吃的药香，便讨吃一丸，宝钗笑道："又混闹了，一个药也是混吃的？"这语气，俨然含着浓浓的溺爱之意。

  第十九回至二十回，宝玉在黛玉房中编撰"耗子精"的故事，两人正戏闹，宝钗走来，三人又互相讥讽取笑……后宝玉又去找宝钗玩（恰湘云来贾府），引起黛玉心酸，与宝玉赌气，又宝黛互相表明心迹，归于和好。第二十一回，一大早，宝钗又来找宝玉，值宝玉在黛玉房中同湘云一起梳洗，问过袭人，又听袭人叹道："姊妹们和气，也有个分寸礼节，也没个黑家白日闹的！凭人怎么劝，都是耳旁风。"宝钗听后，深感袭人有见识，细谈几句，进而对袭人"深可敬爱"。宝玉来了，宝钗方出去。宝玉便问袭人道："怎么宝姐姐和你说的这么热闹，见我进来就跑了？"问两次后，袭人方道："你问我么，我那里知道你们的原故。"

  以上情节，明显可以看出，宝钗总想找宝玉说话玩耍，可想其心中已有宝玉，后面情节更能证明这一点。为什么宝钗听了袭人之言自离去，我猜度原因有二：其一，宝钗见宝玉和黛玉、湘云亲近，含酸离去；其二，为袭人说出男女礼节语而离去。第二十二回，贾母为宝钗过十五岁生日一节，宝钗总去宝玉房中，和宝玉、黛玉、湘云厮缠一起。

其实,从宝钗进贾府生活到此,不难看出,宝钗对宝玉已生爱恋之情,而宝玉一心钟情于黛玉,且相互刻骨铭心,贾府上下尽明于心。故宝钗作灯谜诗曰:

朝罢谁携两袖烟,琴边衾里总无缘。
晓筹不用鸡人报,五夜无烦侍女添。
焦首朝朝还暮暮,煎心日日复年年。
光阴荏苒须当惜,风雨阴晴任变迁。

此诗周汝昌老先生解说为八十回后,宝玉、宝钗奉命结婚,宝玉为不负已逝的黛玉,总未与宝钗同床共枕,也符合第五回《终身误》:"都道是金玉良姻,俺只念木石前盟。空对着,山中高士晶莹雪;终不忘,世外仙姝寂寞林。叹人间,美中不足今方信。纵然是齐眉举案,到底意难平。"虽然宝钗明知宝玉无意于自己,但她喜欢宝玉。追求自己的幸福,是人之常情,且她自信有比黛玉优越的条件,只是"罕言寡语,人谓藏愚;安分随时,自云守拙"。接着第二十五回写到宝玉因被贾环烫伤脸部,几天不出门(彼时已入住大观园),黛玉百无聊赖(黛玉总时时想着宝玉,不放心宝玉,时时想和宝玉见面说话,可由于各种因素,她又不能时时待在宝玉身边),信步来至怡红院,原来李纨、凤姐、宝钗都在,因说起吃茶之事,凤姐(对黛玉)笑道:"倒求你,你倒说这些闲话,吃茶吃水的。你既吃了我们家的茶,怎么还不给我们家作媳妇?""你瞧瞧,人物儿(指宝玉),门第配不上,根基配不上,家私配不上?那一点还玷辱了谁呢?"黛玉抬身就走,宝钗便叫:"颦儿急了,还不回来坐着,走了倒没意思。"说着便站起来拉住。再到后面凤姐、宝玉被魇,癞头和尚和跛足道人来治愈凤姐宝玉之病,宝玉说腹中饥饿,喝了一碗米汤,李宫裁并贾府三艳、钗、黛、平儿、袭人等在外间听信息,别人未开口,黛玉先念了一声"阿弥陀佛"。宝钗便回头看了她半日,嗤的一声笑。众人都不会意,贾惜春道:"宝姐姐,好好的笑什么?"宝钗笑道:"我笑如来佛比人还忙:又要讲经说法,又要普度众生;这如今宝玉、凤姐姐病了,又烧香还愿、赐福消灾,今才好些,又管林姑娘的姻缘了。你说忙的可笑不可笑。"宝钗如此说,正说明她心中有宝玉,故比别人敏感,总能洞察黛玉心迹,只是没有黛玉心直口快而已。再到第二十六回,薛蟠以贾政名义骗宝玉出去吃鲜藕、西瓜、鲟鱼、暹猪等稀贵东西,宝玉至晚方回,恰宝钗又来(怡红院)找宝玉,宝钗笑道:"偏了我们新鲜东西了。"宝玉笑道:"姐姐家的东西,自然先偏了我们了。"宝钗摇头笑道:"昨儿哥哥倒特特的请我吃,我不吃,叫他留着请人送人罢。我知道我的命小福薄,不配吃那个。"……接着引出晴雯报怨的话:"有事没事跑了来坐着,叫我们三更半夜的不得睡觉!"接着又引出黛玉来找宝玉(其时宝玉、宝钗正在怡红院高声说笑),晴雯未听出黛玉声音而未开门,使黛玉失意生气生恨,进而演出第二十七回著名的芒种节葬花一节,黛玉将自己无限的心事赋予《葬花吟》,她对宝玉的爱情显得多么无助啊,宝黛感情冲突达到一个高潮。

我们来分析一下,如果说宝钗对宝玉没有深深的爱恋,她为何总要经常去找宝玉?总要"有事没事"去找宝玉?总要找借口去找宝玉?而小说二十八回前的情节中她很少去找迎、探、惜春(按常理,女孩总爱找女孩玩),比如引出黛玉葬花这一次去找宝玉,本来天色已晚,作为"端庄贤淑,处事稳重"的她,又没有十分要紧的事,本不该去怡红院,彼时他们都已十五六岁,正如袭人所言,姊妹们和气,也有个分寸礼节……可她去了,也得有个搭话的借口,便是"偏了我们新鲜东西了"……试想如果宝钗一心想着进宫待选——所谓薛家母子进京首为待选也——她有必要深深爱恋着宝玉吗?即使深深爱恋着宝玉,为了进宫待选她又有必要有事没事去找宝玉吗?按刘心武老师讲解,宝钗首选进宫,次选宝玉,而第二十六回宝钗待选还未落选，如果宝钗一边想着进宫，一边又深恋而想着嫁给宝玉，这不是脚踩两只船吗？则她何其俗也，按曹雪芹本意，宝钗绝非此种人。

还可以从另一角度分析，黛玉之所以时时处处防着宝钗，正因为她明显看出宝钗深爱着宝玉，更可怕的是"金玉良姻"的阴影时刻笼罩在她的心头，她只有将希望放在宝玉身上，放在贾母身上，要求宝玉必须对她一心一意，忠贞不贰，而宝玉也的确如此。所以当宝玉与宝钗稍有亲密接触时，她承受着多大的感情和心理煎熬，她有时的尖酸刻薄就能让人理解了。这也说明，宝钗一直在努力争取宝玉，而并非一心在想进宫的事，或者根本未想。

再到第二十八回，继黛玉葬花后，宝黛二人又互表心迹，又尽释前嫌和好如初，心情愉悦，宝玉心情非常好，十分活跃，也十分健谈，因王夫人问黛玉病情说出"金刚丸"（实为天王补心丹）的药名，宝玉便说出治黛玉之病的另一配方药来（实已为宝钗配过），王夫人因不信，问宝钗，宝钗为迎合王夫人而撒谎说不知道，后凤姐出来做证（证明宝钗撒谎，宝钗自是讨得没意思，其实宝钗这种自讨没趣的事有很多次），宝玉便以黛玉为借口（因黛玉画着脸羞他）批评抢白宝钗的世故和不说实话（也是宝玉黛玉亲密无间，宝玉总远着敬着宝钗的外在表现，小说中一贯如此），后又怕宝钗下不来台，又替宝钗打圆场，这又使黛玉心里难受（黛玉心想宝玉替宝钗打圆场是因宝玉疼宝钗而非敬着宝钗），接着贾母派人叫宝黛二人去吃饭，黛玉起身独自走了，并不等宝玉，宝玉也自说不去，宝钗因笑道："你正经去罢。吃不吃，陪着林妹妹走一趟，她心里打紧的不自在呢。"宝钗说这样的话，和前面凤姐打趣黛玉时，黛玉抬身就走，宝钗便叫"颦儿急了，还不回来坐着。走了倒没意思"同属一种心境，即当一个少女对某个少男心中有意时，她总会用恋爱方面的话来打趣他，就如宝钗打趣宝玉、黛玉一样。接着宝玉道："理她呢，过一会子就好了。"（黛玉耳尖，不幸被她在门外听到）这句话，我们可以理解出，包括王夫人在内均知宝玉黛玉关系密切，两情相悦，同时也反映出宝玉在硬着头皮说话，在王夫人即长辈面前显出他不是儿女情长之人（也是很正常的人之常情），其实他心里七上八下，总惦记着黛玉。这不，吃不了两口饭，就要茶漱口，探春惜春都笑道："二哥哥，你成日家忙些什么？吃饭吃茶也是这么忙碌碌的。"宝钗笑道："你叫他快吃了瞧林妹妹去罢，叫他在这里胡羼些什么。"大家看看，为何唯独宝钗对宝玉的心理抓得那么准，时时在关注他的一言一行，这不是心中有宝玉吗？由于宝玉在王夫人面前维护了宝钗，并当着宝钗的面说出"理她呢，过一会子就好了"这样的话，黛玉深为生气，宝玉找至贾母上房里头屋里道歉认罪，黛玉不原谅，宝玉正在无奈，可巧宝钗吃完饭紧跟着来瞧宝黛，宝玉向宝钗道："老太太要抹骨牌，正没人呢，你抹骨牌去罢。"这里宝钗又讨没趣，可见她总插不进宝黛二人的情感世界，便笑道（显出宝钗的素养和深沉）："我是为抹骨牌才来了？"说完便悻悻而去。大家想想，宝钗究竟是为啥才来了呢？还不是为自己的情吗？还不是为宝玉吗？却被宝玉抢了一鼻子灰，难道她心里不难受吗？只是不轻易显露出来罢了，亦可知宝玉虽然敬重宝钗，但当宝钗造成黛玉对他不客气时，他也就顾不得对宝钗的敬重了。这时宝黛并未合好，宝玉有事被请走了。接着写到贾元春（贾贵妃）打发夏太监出来，嘱咐在清虚观从五月初一至初三打三天平安醮，并赏赐贾府内眷端午节礼，独宝玉和宝钗节礼一样，并比别人多出一份，即上等宫扇两柄、红麝香珠二串、凤尾罗二端、芙蓉簟一领。这下在黛玉心中一石击起千层浪，早忘了昨天宝玉得罪自己之事，在早上第一时间来找宝玉，而宝玉刚洗完脸去贾母处请安（这是贾府礼节，也即儒家传统礼节，宝玉再想着黛玉，先要请过贾母、王夫人的安后才能去找黛玉），宝玉在半路上只见林黛玉顶头来了。宝玉赶上去笑道："我的东西（贾妃赏赐节礼）叫你拣，你怎么不拣？"（宝玉不解元妃赐节礼为何他和黛玉不一样却和宝钗一样，平时不管吃的、用的、玩的等，宝玉总时时想着黛玉,故打发丫环送自己的节礼给黛玉,叫她挑着喜欢的玩)黛玉道:"我没这么大福禁受,比不得宝姑娘,什么金什么玉的,我们不过是草木之人!"宝玉听她说出"金玉"二字,心下急了,又说出掏心窝子的话,表明他心中只有黛玉,此刻黛玉虽知宝玉对自己一心一意,可贵妃旨意和"金玉良姻"的言说还是使她那么无助,她只有无可奈何地说:"你也不用说誓,我很知道你心里有'妹妹',但只是见了'姐姐'(指宝钗),就把'妹妹'忘了。"

这时最得意的便是宝钗了。宝钗也是一早出门看见宝黛二人站着说话(宝黛也看见宝钗从那边来了,二人便走开了),分明看见,只装看不见,低头过去了,先到王夫人那里,坐了一会儿,再到贾母那里去。我们想想,宝钗也是在这天早上第一时间去王夫人处、贾母处,也是想察言观色,看两个关键人物对贵妃赏赐节礼(实为指婚)一事是否能露出什么反应来。紧接着有一段话很关键,我们再来分析一下。这段话是:

薛宝钗因往日母亲对王夫人等曾提过"金锁是个和尚给的,等日后有玉的方可结为婚姻"等语,所以总远着宝玉。昨儿见元春所赐的东西,独他与宝玉一样,心里越发没意思起来。

刘心武老师对这段话的讲解是:选秀入宫固然是家长对宝钗的最高期望,但身为包衣世家的金陵四大家族的女子,在皇族中发展的竞争力毕竟有限,所以王夫人薛姨妈把安排她嫁给宝玉视为最切实可行的方案,不过薛宝钗自己对选秀入宫心气一度是高昂的,刚刚落选,元春就来指婚,在那个特定情境下,她却不能像母亲和姨妈那样兴奋,她"心里越发没意思起来",这是非常准确的揭示。

以上刘心武老师的解说能服人吗?我们还得扯出他的另一个观点,即:"薛姨妈鼓吹'金玉姻缘',其实那'玉'的首选是皇帝的玉玺,实在得不到,才去瞄准通灵宝玉"。"要知道那时候宝钗并不认为和尚所预言的'金玉良缘'就一定是嫁给贾宝玉,有玉的男人不止一个啊,皇帝有玉玺,王子、世子都有玉(这里且不说刘心武老师究竟是想说明宝钗首先选择玉玺,如得不到才瞄准通灵宝玉呢,还是把选择王子、世子作为了底线?)"。

刘心武老师还提出,为了证明宝钗以元妃为榜样,一心想进宫,所谓心气一度是高昂的,第七十回她作柳絮词发出"好风凭借力,送我上青云"的誓愿。

按刘老师的讲解,第二十八回已知宝钗落选,又有元妃旨意,她在七十回还有必要发那个誓愿吗?没必要。再说"金玉良姻"(实为"金玉良姻","金玉良姻"和"金玉姻缘"有所不同,良有美好的意思。),既然"玉"可指皇帝的玉玺,王子、世子的玉,那"金玉良姻"还有什么意义?世上佩玉的男子成千上万,难道碰到谁就嫁给谁不成?即使专指王子、世子的玉,哪个王子、世子不随便佩个玉呢,这个玉(除皇帝的玉玺外)也太俗了吧!也太没有什么文学和文化含义了吧!依刘心武老师讲解,薛宝钗还是我们心目中的薛宝钗吗?还是曹雪芹所想留给人世间的薛宝钗吗?再说贾宝玉的通灵宝玉,即使皇帝的玉玺也不能和它相提并论,通灵宝玉者即通灵也,通人性,能幻化,贾宝玉是那玉的化身,那玉是贾宝玉落草时口中所含(世上绝无第二),那玉是女娲补天时所剩高径十二丈、方径二十四丈顽石,自经锻炼之后,已通灵性之玉。通灵宝玉与什么玉玺及其他玉是天壤之别,甚或说风马牛不相及。我们可以肯定地说,"金玉良姻"中的金锁,是和尚给的,带有一定佛性的神秘,而玉则专指那通灵宝玉,不是其他什么玉,包括皇帝的玉玺。这就推断出,薛姨妈鼓吹"金玉良姻"实则是奔宝玉而来,这就是为什么在红楼梦中写到宝钗第一次正面出场,并和宝玉第一次面对面接触时,宝钗主动索看那通灵宝玉,宝钗的丫环莺儿不失时机地说出宝钗的金锁来,彼时宝玉还不知宝钗有金锁,金锁的名气和通灵宝玉相比差远了,并说玉上的八个字和金锁上的八个字是一对,还说出和尚说的半句话来。大家仔细想想,王夫人、宝钗刚进贾府,就宣扬"金玉良姻"，其进京的目的不就奔宝玉而来吗？为什么奔宝玉而来呢？我认为，当时四大家族中，贾府实力最为雄厚，其祖上为宁国公、荣国公，地位仅次于王，能封国公者，须有盖世的功劳，焦大骂语中有"你祖宗九死一生挣下这家业……"可知贾府祖上是开国功臣。而史家祖上是保龄侯，侯自然比公低一等，王家祖上则是都太尉统制县伯，伯又比侯低一等。薛家祖上是紫薇舍人，紫薇舍人概在唐朝时改中书省为紫薇省，内设中书舍人，明清两代在内阁的中书科中，也设有中书舍人一衔，仅事缮写文书，无官职，想来舍人地位比伯又低一等。虽然至宝玉时贾府大不如以前，爵位也降低了，但俗语说，瘦死的骆驼比马大，况且贾元春当时已在宫中（彼时还未加封贤德妃，按刘老师解说，当时应是贵人或者嫔了，或者至少是常在了，已是皇帝身边的人了），四大家族中，薛家势力最弱，且薛蟠又是不成器的，而贾宝玉又是荣国府将来的掌权人物，因贾政在朝中做官，自然贾宝玉的前途比贾琏（贾赦之子）的前途要好，且宝玉又是贾母最宠爱的孙子，即使荣府分为贾政贾赦两门，贾宝玉也是贾政一门的掌权人，故薛姨妈一心想将宝钗嫁给宝玉（她和王夫人又是亲姐妹，此为最有利条件之一，所谓亲上加亲），以保薛家永久的荣华富贵。同时，贾宝玉的容貌身段、品行性格、聪慧才华又是百里挑一的，薛宝钗焉有不爱之理。所以，我的理解，薛家进京最大的目的就是促成宝钗、宝玉二人的婚事。至于进京待选，很有可能是一种托词，曹雪芹总要创造一些条件和借口，让贾宝玉、薛宝钗、林黛玉、史湘云、妙玉等生活在一起（其实现实生活中这种情况很少），才能有重要的故事情节的发展，进而撰写"然闺阁中本自历历有人，万不可因我之不肖，自护己短，一并使其泯灭也！"

我们再回头看看那段关键的话，即"薛宝钗因往日母亲同王夫人等曾提过金锁是个和尚给的……总远着宝玉……心里越发没意思起来"。我的理解薛姨妈刚进贾府就向王夫人等提说"金玉良姻"之类的话，就是明确暗示宝钗应和宝玉结婚，宝钗亦知"金玉良姻"

就是她和宝玉将来的结合,所以她总远着宝玉,是一种像她这样的封建少女固有的心态(其实并未总远着,而是有事没事去找宝玉,只是宝玉被黛玉缠绵住了)。后来见到元妃指婚,她心里越发没意思起来,注意"没意思"通过上下文应理解为"不好意思",羞涩的意思,就是说她此刻见到宝玉心里越加不好意思起来,越加的羞涩起来,这才是非常准确的少女心理的揭示。我们反过来说,如果薛家进京第一目的是宝钗进宫待选,则薛姨妈不必也不应该刚进贾府就宣扬"金玉良姻"之说。

让我们再回到第二十八回小说的情节中,宝钗一大早走到王夫人住处,坐一会再到贾母房中。宝玉因和黛玉看见宝钗走过来各自走开,宝玉先于宝钗到贾母处(宝玉直接去贾母处,故先到达),后见宝钗来了,看见她左腕戴着元妃所赐红麝串子,便要来观赏。我们看看,宝钗常以素静著称,第七回周瑞媳妇去薛姨妈处找王夫人回刘姥姥一事,薛姨妈趁便叫周瑞媳妇捎去宫花十二支给凤姐等诸姐妹,王夫人说留着给宝丫头戴,薛姨妈道:"姨娘不知道,宝丫头古怪着呢,她从来不爱这些花儿粉儿的。"再如第四十回贾母携刘姥姥等游大观园,至宝钗房中,只见雪洞一般,一色玩器全无,还说"年轻的姑娘们,房里这样素净,也忌讳。我们这老婆子,越发该住马圈去了……"宝钗这样素净的女孩,从来都是含蓄内敛,却为什么昨日元妃所赐的东西,今日一大早就戴上了呢,似有夸耀的嫌疑,其实是向贾府诸人宣示元妃旨意而已。

接着写到宝钗为宝玉褪红麝串子,因肌肤丰泽褪不下来,宝玉看着雪白一段酥臂,又想起"金玉"一事,再看宝钗另一种妩媚风流,不觉呆了,宝钗也不好意思起来,显出温情脉脉、羞涩含娇之态,恰巧黛玉随后进来,全看在眼里,以呆雁喻宝玉而甩帕子惊醒宝玉。可想此时黛玉心中五味杂陈,酸痛不已,"金玉良姻"的阴影浓浓笼罩在她心头,为二十九回宝玉、黛玉感情冲突达到高峰埋下伏笔。

第二十九回便是清虚观打醮,写到张道士给宝玉提亲,贾母说道:"上回有和尚说了,这孩子命里不该早娶,等再大一大再定罢。你可如今打听着,不管她根基富贵,只要模样配的上就好,来告诉我。便是那家子穷,不过给他几两银子罢了。只是模样性格儿难得好的。"

贾母这段话,我的理解,就是实指林黛玉,特别是"不管她根基富贵,只要模样配的上就好",完全符合林黛玉,再有"模样性格难得好的"这句话,模样自然是长得绝对漂亮,性格难得好的并非指宝钗的性格,而是指性格和宝玉能合得来,试想如果再长得漂亮,性格再好,却和宝玉合不来,宝玉自然不乐意,贾母也会不同意。要知道,贾母虽年事已高,但她的思想认识要比王夫人等超前得多,常常不拘小节,打破常规,喜聚兴雅,有大家风范,所以贾母为宝玉找对象,定要模样好的,脾气性格合得来的(1987版电视剧演到此,宝钗脸上露出得意之色,并看了一眼黛玉,似有不准确)。但话又说回来,虽然贾母有以上说法,却未明确说出是林黛玉(其实贾母心中怎能不知黛玉宝玉二人互相深爱呢?过来人对年轻人的一言一行总能了如指掌,只是不挑明罢了,且贾府上下也皆知贾母心意,固有王熙凤借茶打趣黛玉之言)。而林黛玉虽知贾母心意,但不免沉浸在"金玉良姻"的痛苦中,再加上宝玉曾在宝钗跟前发症,使她更加不放心宝玉。接下来的一件事,使林黛玉的心情雪上加霜。贾母因看见张道士给宝玉端来的礼物中有个赤金点翠的麒麟,笑道:"这件东西好像我看见谁家的孩子也带着这么一个的。"宝钗笑道:"史大妹妹有一个,比这个小些。"贾母道:"是云儿有这个。"宝玉道:"她这么往我们家去住着,我也没看见。"探春笑道:"宝姐姐有心,不管什么他都记得。"林黛玉冷笑道:"他在别的上还有限,惟有这些人带的东西上越发留心。"以上对话明显看出,宝钗除时时挂念着自己的"金玉良姻"外,还提防着别人的"金玉良姻",故她能特别注意并记住史湘云的金麒麟。林黛玉嘲讽她在别的上还有限,唯有这些人带的东西上越发留心,于事实是非常准确的,当然林黛玉是更加留心了。林黛玉更可气的是,贾宝玉听见史湘云有金麒麟,便把那个金麒麟也收起来(宝玉只当礼物送给史湘云,并未有恋爱史湘云的意思,不然,他也会记住史湘云的金麒麟的),这当然更引起了林黛玉的多心。

紧接着写到宝玉黛玉二人情感冲突。看了一天戏,第二天(打三天醮,看三天戏),宝玉由于张道士为他提亲而生气便不去,因他心里只有林黛玉,黛玉中了暑(实为心中不自在)亦不去,贾母因他二人不去便执意不去(亦可见宝玉、黛玉在贾母心中最重)。宝玉见黛玉又病了,心里放不下,饭也懒得去吃,便来看她(实指宝玉心中只有黛玉),黛玉怕宝玉(闷在家里)有个好歹,劝他去看戏(实指黛玉心中唯有宝玉),三言两语,两人便互相猜忌误解起来,宝玉嫌黛玉不理解他的真心,便想黛玉心中无他,黛玉猜疑宝玉只哄着她,而心中亦无她,正是"看来两个人原本是一个心,但都多生了枝叶,反弄成两个心了",便不由赌气大闹起来。宝玉气得直砸玉,以消除黛玉总扯念"金玉良姻",气得脸都黄了,眼眉都变了,从来没气的这样。黛玉见他砸玉,知那玉是全家的宝贝,岂可轻砸,便说:"何苦来,你摔砸那哑巴物件。有砸它的,不如来砸我!"直气得刚吃的药吐了出来,脸红头胀,一行啼哭,一行气凑,一行是泪,一行是汗,不胜怯弱。宝玉见她那般光景,又后悔地流下泪来。后来直闹到婆子们禀报了贾母、王夫人,贾母、王夫人赶来时,却又好像没发生什么事(其实贾母、王夫人心里明白,何尝不是为情而闹),最后贾母带宝玉出去,方才平息。

到了次日,即五月初三,便是薛蟠生日,薛家请贾府诸人看戏,贾母因想乘今日去看戏,使宝黛二人谋面和好,没想到宝黛二人又都不去,急的抱怨道:"我这老冤家是那世里的孽障,偏生遇见了这么两个不省事的小冤家,没有一天不叫我操心。真是俗语说的,'不是冤家不聚头'。几时我闭了这眼,断了这口气,凭着这两个冤家闹上天去，我眼不见心不烦，也就罢了。偏又不咽这口气。"自己抱怨着也哭了。这话传入宝林二人耳内。原来他二人竟是从未听见过"不是冤家不聚头"的这句俗语，如今忽然得了这句话，好似参禅的一般，都低头细嚼此话的滋味，都不觉潸然泣下。虽不曾会面，然一个在潇湘馆临风洒泪，一个在怡红院对月长吁，却不是人居两地，情发一心。

以上这段文字，等于贾母向贾府宣布了宝玉黛玉二人的婚事（冤家一指仇家，一指有情人），虽有元妃赐婚的旨意，但元妃毕竟是贾母的孙女，清代是很注重孝节的，最终还是贾母说了算。按小说情节，五月初二宝黛二人发生感情冲突，初三日两人各在自己房中，听得贾母所言，心下深为后悔，初四日宝玉便主动去向黛玉和好，互表心迹，和好后来见贾母，恰宝钗也在贾母处。

此时的宝钗心境会是怎样呢？元妃赐端午节礼大概在四月二十七日至五月初三日之前，这段时间可以说是宝钗最为得意之时，以为有元妃指婚，"金玉良姻"已稳操胜券，不想贾母在五月初三日说出"不是冤家不聚头"的俗语来，宝钗听到后肯定如雷贯耳，心中大不是滋味，只是五月初三日是薛蟠生日，她不好离家，至五月初四日，她实在烦躁不安，便来贾母处察言观色（理应在家陪客，正如她说的"我怕热，看了两出，热的很。要走，客又不散，我少不得推身上不好，就来了。"）。

本来宝玉黛玉二人闹别扭人皆尽知，又和好如初，在众人面前不好意思，无话找话，和宝钗搭讪笑道："怪不得他们拿姐姐比杨妃，原来也体丰怯热。"这句话是宝玉因实在无话接宝钗的话，无意中搭讪说出，却成了奚落之言，嘲讽宝钗之语。宝钗本因"不是冤家不聚头"而心情低落烦躁，又看到宝玉黛玉闹矛盾后和好，正如一对情侣来至贾母身边，贾母也因此而高兴起来，宝钗心中自然更是难受，而宝玉竟然奚落起她来，因此她不由得大怒，竟至失控，却无法发泄心中郁愤之气，待要怎样，又不好怎样，回思了一回，脸红起来,便冷笑了两声,说道:"我倒像杨妃,只是没一个好哥哥好兄弟可以作得杨国忠的!"(如果按照刘心武老师讲解,四月二十七日元妃赐端午节礼指婚,宝钗已知进宫落选,其心情就应烦躁起来,可其后几日并未看出宝钗有烦躁情绪,反而很平静得意,可知宝钗烦躁发怒并非因进宫落选)。这句话本是宝钗气愤至极、思维不是很活跃时的本能反应,可巧丫头靓儿向她寻找扇子,她才反应过来,借机发泄反驳,指靓儿道:"你要仔细!我和你顽过,你再疑我。和你素日嘻皮笑脸的那些姑娘们跟前,你该问他们去。"此语明为斥责靓儿,实为斥责宝玉和黛玉。

小说情节至此,即第三十回后,宝玉黛玉爱情关系基本确立,也很少有互相猜忌,宝钗在表面上不再竞争,成了局外人,和宝玉以姐弟关系相处,互尊互敬,相待如宾。行文到此,我作为一名普通的《红楼梦》爱好者,通过自己的阅读感受,认为宝钗失控发怒,并非因进宫落选,而实是和宝玉的姻缘感情受到极大挫折而致。《红楼梦》大旨谈"情",这"情"包罗万象,宝钗对宝玉之情自然包含在内,怎一个情字了得,正所谓薛宝钗为情而反常尔!

元旦素语

明天是元旦,今天大家有意无意做着放假的心理准备。一年结束了,我得到了什么,又失去了什么?

前不久有位老人去世了,灵柩设在街道边,黑色的帐幔上用白字贴着:某某某千古,不孝男:某某某、某某某,不孝女:某某某,不孝媳:某某某、某某某。在嘈杂的各种声音的混合中,那位老人在经历了漫长的人生沧桑后,终于得到了一方宁静的地方,而且他的心境也真正宁静了,什么事不想,什么心不操,就那样静静躺着,在另一个世界,直到永远。

这一年忙忙碌碌,但细想起来,都是没有价值的东西,就像制造餐巾纸,用过就扔。身不由己地被周围的环境像风雨裹挟着行走,真有点行尸走肉的感觉。有时觉得自己实在可怜,生活能力太差,又找不到单纯简洁的生活环境,在其他人的夹缝中苟且偷生;又像一头驴子,眼看着前面很难到嘴的美食,使尽全力驮起背上的负重。

我明白,我又增长了一年的年龄,得到一年的苍老。

看过一篇小说,是说美国人生活在制度和规范中,中国人生活在人情世故和关系中,各有优劣。中国人每走一步路,说一句话,都离不开人情世故和人际关系。也有在无所顾忌和人性本真中生活的人,要么是极少数富有名望的艺术家,要么是穷困潦倒的艺术工作者。可想有成就的艺术家当初也是冒了很大的风险,若此路不通,则不但自身生活窘迫,还会牵连亲人骨肉,于心何忍。

有时想想孔子的伟大,也伴随着巨大的悲哀。父亲偷了邻居家的牛,儿子要"子为父隐",便是孝,若举报,便是不孝。这便演化成中国人的人情世故了。从古到今,仍以家族观念即关系相约,本是五湖四海互不相识的人,到一个城市、一个单位工作,便有了称兄道弟拉帮结派和圈子式的关系生活,特别在商道和官场,一个圈子一个圈子很牢固,大圈套小圈,小圈套小环,每个圈子总要全力维护自身利益,在圈子面前,什么制度、法律规定等都失去了作用。若谁对制度、法律规定认真起来,便被圈子认为是违反了圈子规矩,便是不守规矩。不懂世俗的那一套,便融不进这个圈子那个圈子,和别人也成不了兄弟姐妹大哥嫂子,谁照顾你,谁给你机会啊,你只能成了孤魂野鬼,在别人的夹缝中穿行。

  我曾想,我什么时候能顺利躺进那口棺材,与外界的各种圈子和关系隔绝,与各种世俗的事情隔绝,使心永远平静,使自己永远宁静,该是多么幸运。

无名山访春

在县城,这座山不知道叫什么名字。今天是凤山民俗文化节第二天,那里沿路到处散落着人群,想必凤山的春已被消费殆尽,或者掺杂了太多的味道,我便信步向无名山走去。

是生活的压力还是工作的繁忙,抑或是年龄的关系,对春竟然有些麻木了。粉红的桃花、灿黄的油菜花、油油的麦青,就在脚下,却还在寻找春的芳容。于是足音变得柔和了,不像水泥路上的干寡枯燥。青草在路两旁回想,回想那个踏青的青发女子和一个落魄的游子。杨树、柳树已笼罩了一团黄绿的晕,椿树、榆树等在田野绿的诱惑中,心中的绿也在膨胀着。

山上有很多坟墓,清明节快到了,有很多人来祭奠亲人,黄的白的纸带和剪的纸花挂满了坟头。一位母亲的墓碑上刻着生于一九四一年,卒于一九九九年,算来活了五十八岁,大概是病死的,古诗说:"伊人亦云逝,寒花独自荣",使人产生了无限的悲凉。来上坟的多是兄弟姐妹,有的带了孩子。有一五十多岁的姐弟俩,边挂纸绺边说着家务事。弟弟说他在家怎么不得做主,由不得自己,可什么事都要干。老姐就指责他应该怎么做,想是希望弟弟争气,得到公平,看来夫妻之情和手足之情是不一样的。还有一大家子人,其他人都上完坟准备回家了,做女儿的哭着长长地唤妈,不忍心回去,大家都在劝她。想是亲人走了不久,可毕竟永远的离别了,那份亲情的牵连,叫人无限喟叹,陶渊明有诗:"死去何所道,托体同山阿",还是回去吧,再过三代、四代、五代,谁也不知道那坟墓是谁的亲人了,使人想到时间的无情和生命的无奈。

大多坟墓旁植有柏树,有的生长了很多年了,森森然的,一股长古之气。如果真有阴间的生活，想必阴间要比阳间活得轻松得多。我便奢想，我死后能在山野的田地间占一席之地，亦有古柏相伴，有青草和麦青相伴，呼吸着清新的空气，听着喜鹊的喳喳声、啄木鸟的叫声，还有山野鸡和不知名的鸟的鸣叫声，偶然看着山野鸡在田地里悠然走动，远离城市的拥挤、紧张、浮躁和喧哗，便是永远的福气了。

一条小径通向山的高深处，很少走人，路面铺了厚厚的枯的和新生的寸草，踏上去软绵绵的，发出轻轻的噗噗声。半路碰到几株桃花，正在深山独自芳菲。她们那样的干净，那样的平静，那样的自然，那样的纯朴而又不失妖艳。只有蜜蜂偶然来拜访她们。花落了，春就过去了，来年春天，她们又会孤芳自赏。她们无欲无求，年复一年展示自己的艳丽和鲜嫩，"桃之夭夭，灼灼其华"，她们在时间中永生。

我是去访春的，却感到了生命的无奈。

清 明

　　清明，不知是谁起的名字，此人肯定禀赋素美的品格。清明，是一个诗意的节日，因了杜牧"清明时节雨纷纷"的诗，更因多少文人对清明的感怀。特别在北方，清明时节，万物复苏，天气转暖，正是"沾衣欲湿杏花雨，吹面不寒杨柳风"，人们真正到田野感受大自然的气息，感受春暖花开的美好时光。

　　清明，又是一个清素的节日，概因人们要对逝去的人进行缅怀，勾起很远的一些回忆和淡淡的忧伤，一面是对亲人的思念，一面是喟叹人生的无常和苦短了。想来自己有二十年未在清明上坟了，不由回忆起小时跟着大人上坟的情景。中午母亲早早收拾好祭品，是些素菜和烙的油饼，盛在碟子里装进手提筐，还有筷子，由我们孩子提着。父亲也用木盘端了香火纸钱，几家亲房合在一起便去上坟。孩子们唧唧喳喳的，先从最高辈的坟上起，大人们烧纸钱洒酒水，孩子们往草梗上挂纸带，每个坟上飘扬了白的黄的纸带，到最低辈的坟上完，大家便坐在一起吃祭品，孩子们抢着吃，很香的样子。

　　祭祀完祖先，人们就正式到田间劳作了，播种新一年的希望！

中年的悲凉

随着年龄的增长,脚下的路却越走越荒凉,犹如从花木葱茏之地渐渐走到寂寥的荒漠,美丽的景色,只在记忆中,前方或者更加荒凉,路还得走下去。

生活总是给你背上十字架,有时,走路的人总在十字路口徘徊,时光就在这种徘徊中悄悄消失,生命就在徘徊中老去。等到明白过来看清方向时,似乎已经晚了一步,只剩下徒伤。

昔日珍爱的人,就像一棵枝繁叶茂的树,那样朴素自然,那样热情奔放;昔日钟情的人,就像皎洁的花,那样晶莹无瑕,那样春光明媚。而如今,再也找不到他们的影子。

脚下的路越走越荒凉,但还得走下去。

想起昔日能够说出真实的话语,沐浴真实的阳光,流下真实的汗水,迈出真实的步伐,抚摸真实的体温,而如今,只能缄口缩手,踽踽独行了,在彻天的悲凉中,祈求来自天堂的知音。

脚下的路越走越荒凉,但还得走下去。

我将理想播种在烂漫的春节,用心呵护它的发芽成长,倾注了殷殷希望。而如今,它干枯的躯干,在悲凉的风中瑟瑟发抖,发出低微的悲号。

脚下的路越走越荒凉,但还得走下去。

静静的秋色

是一个多云的下午，阳光隐约照着。路旁的冬青树，叶子已不是纯绿，夹杂着黄色或褐色叶子。一只指头大小的黄色的蝴蝶，一闪一闪飞绕在叶子上空，仿佛在寻找什么，抑或是一位隐士，去某个地方，那样的漫不经心。有细小无名的花，黄的红的，有时星星点点，有时牵连一片，散发着淡淡的幽香。榆荚树疏朗起来，枝头垂下串串黑褐的荚角，还有很细的枯藤缠挂在枝杆上。杨树已落尽了叶子，身上举起很多灰白的枝条，它们不是很整齐地向上，只有树顶还挑着几片暗绿的叶子，随时要飘落下来。最多的是柏树，有的掺杂着干枯的叶，老气横秋的样子，很多缀满了柏树籽，有年轻的柏树，通身青绿，是干净的绿、凝结的绿、浓厚的绿，是生机无限的绿，在秋季，它们维护了山的尊严。核桃树下落了一层枯竭的叶子，有的已成碎片，而树上零星挂着几片卷曲而干枯的叶子，在微风中瑟瑟发抖，体现了秋的肃杀之气。柿树的叶子还很茂密，只是少了水分，因而少了光泽，有些绵软，于茂密的叶子里，露出一团团互相挤着的红黄的柿子，似一颗颗灯盏，在那里很亮眼。还有其他各种树，叶子的绿色已经褪了，虽呈现很多颜色，像穿着很普通的衣服，引不起人的在意。

有一处迎春花，无数条花茎层层密密随地埂扑泻下来，形成了绿的瀑布，浪尖已触到地面，被人脚和车轮压得残缺不全，使人想到它为何要溜到路面上来呢？

站在山腰，远处田野上，升起几股青白的烟，那是农人点燃的桔秆。那烟似乎从地下冒出来，悠悠升起，悠悠散开，望去时，又似乎是静止不动的。

鸟不知在什么地方清脆地鸣叫,更增添了秋的空寂。
这静静的秋色,何尝不是一颗孤独的心呢!

秋的心情

　　秋和人一样,是有心情的。由于人在和平稳定的物质世界里浸泡得久了,精神的吸引力便被淡化,精神的实用性逐渐消除,于是人们急功近利,心浮气躁。秋也一样,心情不好时,会连续板着面孔,眼看头一天心情有了好转,也不知晚上又经历了什么事,第二天愈加板得厉害。于是淫雨绵绵数十日,谁有办法。等到他的麻烦事都解决了,或者心理平衡了,就露出难得的好心情,天更蓝了,云更白了,树木青翠干净,空气清新润爽。

　　从古至今是讲天、地、人合一的,天、地、人合一是要求以人之变适于天地之不变。人是变化无常的,而天地长古看是变化的,但从人类的历史看是不变的。比如几千万年前或几十亿年前的天地肯定与现在不同,几千万年或几十亿年后的天地与现在也肯定不同。可自有人类诞生以来,天地是不变的,北斗星的位置一直未变,地球的四季一直未变。这期间只有天、地、人合一,即人适于天地的不变,天地才不会有和人一样的心情。问题是在天、地、人三者中,在狭隘的范围内,人的力量大得无穷,人类只用几千年时间就改变了地球的面貌,又正在改变天的面貌。同时人类对天地的力量有时又束手无策。有科学家推演,人类消失后只需200年,天地便会将人类的踪迹消除得一干二净,地球和大气便会恢复到人类未出现之前的样子。这样看来,人和天地是互相影响的,人是有心情的,继而影响到天地的心情,人和天地都有心情,就没有了不变的自然法则,最危险的还是人类。

　　秋有心情,并不怪秋,别抱怨"这雨下得不停了",只怪人的心情影响了天的心情。

　　我是操的闲心,说几句无用的话。

中秋过后

　　中秋过后,天气就真的凉了,雨也多起来了,淅淅沥沥下个不停。月亮不知躲到哪里去了,很难见到她姣好的面容。
　　一首诗说,"春有百花秋有月,夏有凉风冬有雪"。一年四季中,中秋一过,月亮就很难谋面,再加上淫雨霏霏,冷雨敲窗,雨打落叶,便是最不好的季节,也是最伤感的日子。
　　就像普通人的一生,春天时充满幻想,夏天时充满激情,秋天时学会成熟稳重,可好景不长,恰如中秋过后,回首大半生碌碌无为,多少往事成过眼云烟,平生再无希望,心境便灰了大半,生出无限伤感⋯⋯
　　下雨的日子,远处的山笼罩着一层轻烟,乳白色,朦胧了山上的树木,更远处灰蒙蒙一片,和天空连成一体,深不可测。近处的树木湿漉漉的,路面也湿漉漉的,连楼房也湿而柔和了许多。
　　除了车辆发出亢奋的声音外,行人都默默无声,似乎想着心事,或者体会着秋的渐次萧条。

一场大雪

　　2009 年 11 月 16 日晚,在人们熟睡时,雪已摆开了架势,开始了它的淋漓尽致。天亮时,天地间已是雪的世界,雪花很密集,有的黏连成一片,羽绒一样,纷纷而下。有时显得很轻盈,摇摆着,左右晃几下,又斜着落下来。雪花虽然很密集,但总不互相碰在一起,放眼望去,气势磅礴,浩浩荡荡。这是记忆中的雪花,童年的雪花,是传说中的雪绒花,多少年了,在心底期盼着、回忆着、想象着,漫山遍野的白,白得寂静,白得持久,白得万物无踪无迹,是一个童话般的世界,而房子里弥散着温情。

　　下雪需要打伞吗,打伞其实是一种浪费,让雪花落在头发上,落在脸颊上。仰起头,让雪花落在嘴唇上,落在嘴里,倏然化了,将久违的清芬含在嘴里,同时将童年的回忆含在嘴里。

　　有时刮来了风,是透明无形的清气,雪花便乱舞起来,是洁白的裙纱,舞得灵动清雅而不失大气。

　　田野和山峦已几乎白透,大地似乎盖了一层虚软晶莹的羽绒被,只有一些高大的树冠,渗出淡淡的黛色。

　　在白的混沌的天地间,似乎回到混沌的原初,显现出原初的颜色,原初的花,原初的生命,原初的思想。

蓝颜知己

在漫漫红尘中,寻找一块情感的圣地,抛却所有世俗和名利的浮躁,将最初最纯真的情,寄托于远方的那块净土。清澈那已混浊的双眸,透过模糊的尘埃,感受真切的青山绿水和清风明月,体会贫贱而不被注目的真情,让心感动。

夜深人静时,让心灵深处流出涓涓细流,彼此聆听岁月的吟唱,欣赏生长历程中美丽的风景,将工作、家庭、生活中最隐秘的真谛,在心灵与心灵的交流中,变得清晰可爱,互相享受生命中的神奇和神秘,让寒冷的心得到一丝温暖,让受伤的岁月得到慰藉,用彼此的温馨,吹散生命的无奈和生活的艰辛,重新赠予未来的勇气和绚丽。

成都印象

　　成都很大,树很多,建筑物造型新颖美观。
　　从绵阳、德阳一路走来,村落尽掩映于茂密的树中,绿色苍茫,不起眼的树长在起眼的地方,无所顾忌地生长着,因了人们对树的关怀备至,树们便尽力显示自己的繁盛,路边、庭前院后、田埂边,到处是树。一处处水域或水塘被树包围,水树无限延伸。
　　进入成都,似乎进入建筑物的海洋,不可自拔,人如沧海一粟。
　　成都的建筑物几乎没有雷同的,总是展示出不同的造型,或如柱立天,或参差有致,或次第错落,或环望相连,楼顶刻意设计出不同的形状,有的还种植花木,完全摒弃了方块状的排列,颜色主要以尊贵的银灰色为主。每个建筑物都能充分享受到阳光,还能充分利用土地。最显眼的是省府建筑,像三个倒立的马蹄,成半环形排开,中间有一个椭圆的卵。
　　成都人的绿化是花了大力气的,所有移植的树不论大小,四周用木棍架支起来,以防偏倒,甚至有的树冠繁茂,树干快被压断了,他们用木板夹固起来,就像给骨折后的胳膊打夹板一样,尽力挽救它的生命。每条街道都有树,绿化带随地势而造,很有个性,可分为四个层次,最下面是草坪,中间是各种形状各种颜色的灌木,再到上面是低一点的树,最高处是大树,有的地方密不透风。
　　成都人很会利用所有空间,十字天桥底下都是弥足珍贵的文化参观点,保留了很多历史民俗文化的遗存……
　　成都的空气很湿,很干净,女人的皮肤白嫩细腻,似乎带着水气,像从澡堂里刚出来。
　　成都人过得很快乐,白天在河边喝茶乘凉,休闲奏乐,晚上在广场上跳欢快的集体舞,无忧无虑的样子。

心　乱

　　下午吃完饭,想写毛笔字,又想续写一篇刚开头的小说(谈不上小说),还想看会儿书,却什么都不想干了,经常这样手闲心不闲,很疲乏,躺在床上休息。外面下起了小雨,便到马路上走走,很少在马路上散步,在炎夏的这会,有雨,心想要珍惜。没想到雨细细的,轻轻的,绵绵的,是雨雾在飘,贴在脸上凉凉的,感觉好极了。不知什么时候不自觉勾下头看着路面漫不经心地走,想什么呢,很多,说不清楚。突然一声问候警醒我,是熟悉的夫妻俩。他们笑话我走路还低着头想什么呢?可能挺怪的样子。打过招呼继续独自走,远处的雨雾很朦胧缥缈,正是一种境界,忽然身旁一团香气袭过,是一位女人走过,只看到她的背,走路显出有节奏的美感,头发恰到好处地亲切,背恰到好处地悬直,臀恰到好处地浑圆……她的背影离我越来越远,看不清了。我怎么也集中不了精神,想,回家吧。

　　回家又躺在床上听雨声,又想起那个女人,又想到生活的压力,又想不能浪费时间,拿一本书看,在书房坐会,光线暗了,开灯怕坏了雨境,又到客厅,妻子瞪我一眼:"你有神经病啊!"

你是我的天堂

天堂有多远,天堂很遥远,天堂又在身边。我将人世间太多的苦难和冷暖,洒入你的忘忧河,你却让它生长出美丽的莲花;我将多少飘零的爱,供奉于你的心房,你却让时间充满温暖;我将多少无奈和寂寥轻轻装进你的衣袋,你却让空气满含香气。你是我的天堂,我梦幻于人世和天堂之间,在现实中洗礼我的灵魂,在天堂释放精神的正果。让我短暂的生命在天堂永生,让我脆弱的爱在天堂绽放奇异的光彩。

愿你是我永远的天堂,不辜负我所有的赌注!

初冬的下午

很久未去那座无名山闲走了。冬日的一个下午,阳光煦暖,晒得人暖烘烘的,天空无一丝白云,但又像蒙了一层灰尘,不能湛蓝,可毕竟是晴空万里了,很是难得。

本地有个叫泰湖的休闲去处,有山有水,有榭有亭,桥廊迂回,花木葳蕤,可那里人又太多,是个繁华的地方,像我这种艰涩于现实的人,自然是无心去的。

登上那座无名山,先要从一条曲幽的路径穿上去,路径两旁挨挨挤挤长满齐人高的灌木,灌木周身又搭叠着枯的或长着青叶的细藤,密密麻麻,将灌木裹得严严实实,便有好多鸟雀在灌木里面突突腾飞,或者有一团鸟雀从身边突然飞起,羽翅几乎擦着脸颊了,又落到不远处。路径上长满了杂草,比我很久以前走过时荒芜了很多,想来来这里的农人也越来越少,因为田地也撂荒了不少。

从半山坡望去,田野上依然绿色葱茏。不少树仍举着满树的绿叶,各色灌木顽强地保留着叶子。有大块的麦苗,嫩绿中带着淡黄;大块的油菜,叶子铺展开来,浓绿中带着淡白;有小块的葱苗、蒜苗、青菜、萝卜等,显现一片片深深浅浅的绿。山路有些微潮,干干净净的,走上去无一丝尘土,又不沾鞋,恰到好处。有些路段贴着地皮铺满蓑草,蓑草间又长出细细的嫩草芽,踏上去软绵绵的;有些路段却长满了没膝的枯草,得抬起脚才能行走;有些路段又落了厚厚的落叶,一树的叶子落尽,重重叠叠,静静地躺在那里,无人打搅,只有鸟儿偶然来探望,任其在时间里腐朽;还有些路段叶子落在枯草上,看上去很厚实,只想躺下去。路边和田埂上仍生长着各种青草,有些好像刚刚长出来,像初春时的样子。

不觉走到很多年前和儿子一块寻找栽花所用腐殖土的地方。那时儿子还很小,上小学,个子一点点,满脸天真稚气,跟在我后面问这问那的。其实他跟我很多次上过这座山坡,每个春天都在这片树林里摘桑葚吃,常染得满嘴满手黑紫,回去时总给他妈妈带一点。在几个地点找过腐殖土,他总是一本正经地和我交谈,帮我把土抬回家。一次我们来到我这次来的那块田地和坡坎之间的小三角坡上,那里生长着好几种树,还有藤木丛灌。我们在草皮上刮了半袋腐殖土,便坐下来休息。看到一根手指粗的藤缠绕着一棵胳膊粗的树往上生长,藤深深地勒进树身,便举刀砍断了那根藤,树身上便留下曲回而上的深渠,心想树终于感到轻松了。不料这次我去时,那根藤又缠绕到其他树上去了,而且扶摇直上,与树梢争锋,争取阳光雨露。唉,树也无可奈何。

有一棵不大的银杏树,生长在田地中央,叶子囧黄,地上落了一层,树上还密密的,和周围的绿色相衬,更显得卓然不群,质性雅逸。然而它却生长在田野中,在无情的时光中,最终将化为泥土。

寻访龙潭坝

偶尔读到一篇龙潭坝的游记，是王彦青先生写的，便产生了冲动，又有当地人进城来，问起龙潭坝，便说景色如何如何的秀美，如何如何的迷人，自是有炫耀的成分，更让我向往了，就时时想着要前往。大概过了三个月的光景，有了空，经朋友联络，约请了高桥王湾村的主任白军强做向导，携妻寻访龙潭坝了。

蝴蝶沟

龙潭坝深藏于高桥王湾村西北的大山中，单程三十里路。从王湾村出发，先从西北沟口进入，路面宽而平缓，可行驶农用三轮车，整条沟已葳蕤满目了。路侧是坡地，再上去是山崖，山崖上有各色树木。正值仲夏，坡地里的庄稼绿油油的，高处的核桃、毛栗、柿子和其他不知名的树木高大浓密，与匝地堆砌的各类灌木繁缛重叠，将山体遮盖得严严实实，整条沟的绿，整条沟的青翠，明明暗暗，深深浅浅。路左手流淌着一条沟溪，溪水在乱石中穿流，有时咕咕，有时悄无声息，有时不见身影，有时又娇羞露面。地埂上和沟边长满了各色花草，最多的是紫色的麻豌豆花，挨挤在一起，一长溜一长溜的，煞是惹眼。还有满树繁华的七里香，花朵硕大，整片整片的，用阵阵花香惠送游人前行。沿途各种鸟鸣不绝于耳，或清脆或婉转，或呢喃或悠长，还有引吭亢奋的和嫩声细语的，只是看不见一只鸟。

去龙潭坝的路，是华双公路修建之前，自宝鸡、凤县、两当、徽县通往天水的古道，路面上偶尔露出一掌青石，诉说着历史的沧桑。最妙处，路面每隔三五十步，即有从右侧山坡上渗流下来的一汪积水，水面上旋舞着几十只蝴蝶，黑色的居多，白绿色的次之，人走到跟前，它们便四散飞开。我问白主任这条沟的名字，他说当地人一直叫德家沟，也无从考究，就这样叫下来了。我笑说不妨改名蝴蝶沟吧，这么多的蝴蝶，不叫蝴蝶沟真负了这些蝴蝶了。

德家山

　　沿蝴蝶沟前行五六里地，路径突然折向上山的密林中，也没了路面，只有幽暗曲径，被齐腿的茂密的杂草遮挡着，穿树根，越沟溪，渐渐崎岖难行了。刚开始还有小块的草滩，那草任性地生长，任性地密深，尤其那成片的杨蕨菜和鸡娃菜，使人想起几亿年前地球的时光，我在通天坪也看到过杨蕨菜，远没这里有规模和视觉冲击力。沿路径长满了藨子，比山外的个头大，圆而红，娇艳欲滴，可随手摘着吃，我帮妻挑最大的摘，她似乎吃不够一样。走不多远，路径骤然陡峭了，呈"之"字形漫伸到山顶，行人完全在遮天蔽日的大树下行进，光线幽暗了许多，抬头只看见笼罩在高处的绿叶，树冠下穿插着各类灌木，还有细长而直的小树，好像它们顾不上往粗壮里长，也来不及弯曲枝蔓，只赶着向上争取阳光。

　　大伙已经气喘吁吁，我脸上的汗不住地滴淌，问白主任再有多远可到山顶，他说还要一阵子，上到山顶才走完路程的一半，不过翻过山就是下坡路了，也就轻松了。这座大山的东南坡即我们上行的坡面，当地人亦叫德家山，快到山顶的路径更加陡峭，每爬行一步都要付出全身的力气。白主任始终在前面带路，手里握着一根棍，边走边扫着路径两边的深草，为我和妻"打草惊蛇"。他为赶时间走得较快——也不时放慢脚步等我们，他四十来岁，又瘦又精干，常年干农活，也常走山路，体力充沛。我的体力还可支撑，又想着神秘的龙潭坝，也就坚定了前行的信心。可妻快吃不消了，说她走不动了不走了，坐原地等我们回来。白主任说再坚持一会就到山顶，一个人坐在这儿不安全，山里有野猪。最陡处我便拉着妻爬行。

此时已无心思去欣赏风景,耳边徐徐传来响亮的鸟鸣声——姐姐走回,姐姐走回走——这种鸟鸣声在徽县到处可听到,二十多年前三叔告诉我此种鸟叫的意思。想象是挺有趣的,又是哪家女子得了伤心事跑出来,还是妹妹疼她叫她回家去。"啵嘟嘟——不回去",又是一种鸟叫,还是回去吧,都年小不懂事儿——之前我在《听鸟语》一篇习作中这样写道。

快到山顶时,白主任给我们介绍起身边树木的名称来,有一种叫杨奶奶的,是所有树木里结果子最早的,其他树木未开花它已结果了,而且四季开花,四季结果,花谢了开,开了谢,果落了结,结了落,神奇得很。不觉便到了山顶,我已脱了汗水湿透的T恤,只穿着背心,山风拂来,沁凉无比,想即刻瘫坐在厚厚的青草上。白主任是个热心人也是个细心人,阻止我们说,山顶风大,吹了热身容易得病。听了这话,我们便下行几步背过山风坐下休息。

灌渠

下山的坡面朝东北向,路径沿山谷的沟渠而下,有处几近陡立,比上山的东南坡更难行走,崎岖且泥泞。问白主任,说东北坡叫灌渠,这也奇怪的很,一座山的东南坡叫德家山,东北坡却又叫灌渠,不知当初第一个人是怎样叫出这个名字的。不过这也很形象,东北坡的路更陡,行人想走慢也不易,身体的重心向前倾着,一路像蹲下去一样,亦似乎水流在很陡的沟渠里,流速很快。东北坡的树木更浓密高大,花草更茂密,是这里比东南坡阴湿的缘故。水青、红青(橡树)、朴木、林金木等,都长到几人合抱来粗,直而垂高,不枝不蔓,霸气十足,显示着这片森林的原始和亘古。还有黄杨、桃子木、麻柳、漆树、山柿子、水柏子、野枸树、榆树等,万木争荣,云蒸绿蔚。树下灌木丛生,花草掩映,藤蔓缠绕,苔藓茵润。这使人想起青城山、张家界、九寨沟等名山名沟来,若在此山东南坡修台阶而上,东北坡架电缆车而下,在龙潭坝修栈道回旋,不啻旅游胜地了。白

  主任说还可在东南坡修一条骡路,游人可骑骡子上山,犹如青城山的双人抬竹轿。龙潭坝以前住着四十多户人家,为王湾村的一个合作社,建有学校,他们出进此山,皆用骡子驮运货物,后渐皆搬出山外。想来自古凤州、徽县以此道通秦州亦用骡子了。

  这样议论着,小腿被荨麻刺得生疼,放眼沟渠又是成片的荨麻或成片的野白菜、崖桑、白丹子、石芥、水百合、棉苍、野黄瓜、野红萝卜、鸡娃菜、缠桃子、燕梅花、穿地龙、大朵萝、石竹、木竹、莓子等,它们有时"大杂居",有时"小聚居"。野白菜、野红萝卜可长到半人高,叶子硕大鲜嫩,是猪牛的美味,可惜猪牛们吃不到。燕梅花是山中最早开放的,在萧瑟的冬天,燕梅花即是山中一抹芬芳了。莓子有架莓子和地莓子,架莓子有红色、黑色、白色,口感酸甜,和瓢子一道,是随手可摘可吃的。

  与东南坡一样,我们下行在树的底部,光线阴暗,偶尔一个小山泉,清澈见底,手指长的鱼儿,全然不怕人的样子,是很少见到人的原因,不像东南坡的鱼,手刚碰到水面,便倏然躲开了。虽然我们下行的速度较快,在极陡处几乎跳跃着小跑起来,真有点下蹿的感觉,但由于灌渠太长,将近十里路程,走着走着,渐渐停止了说话,停止了看景,只勾头走路,唯一觉得重要的是走完灌渠,便可看到神往的龙潭坝了。正当大家默默前行的时候,耳边传来了整片的野麦蝉的嘶鸣声,比村庄里的麦蝉叫声洪厚响亮许多,也多了几分粗犷味。

龙潭坝

  终于走出了灌渠,心想眼前会开阔起来,不料仍然逼仄,横着又是一条沟,和灌渠成"丁"字形上下延伸。

  原来龙潭坝并非坝,而是一条沟,自西北向东南,叫龙潭沟最为恰当。不过龙潭沟的水流要大得多,有些河段平缓而宽,便形成了小巧玲珑的潭子和坝子,整条沟由很多小潭坝串联起来,就像一条沟溪串联起很多大大小小的镜子。我们折向右手溯沟而上,发现刚进沟一段的水好清!看过九寨沟的海子,也看过青藏高原的措湖,还有康县的阳坝,而龙潭沟的水是最清的。古人说"真水无香",其实应该说"真水无色",龙潭沟的水清得没有自己的颜色,水底的石子细沙粒粒分明,石子细沙的颜色便是水的颜色。古人又说"水至清则无鱼,人至察则无徒",想来是臆断的,龙潭沟的坝子中,鱼儿即使浮停在水底的石子上,也能看得清清楚楚。

沿龙潭沟上行,则不能一直走在沟底了,大多时走在沟左侧几米高的小径上。小径也从深林中穿过,阴阴暗暗的,茂密的花木遮挡了沟溪和坝子,路边最具规模的是互相挤着的木竹,脚下铺垫了厚厚的腐竹叶,大概竹叶不易腐朽成泥,便积累了起来。走着走着又能看见沟溪了,真是柳暗花明又一溪。

刚入小径时,有一块饮马的石槽躺在树根旁,石槽由一整块石条凿成,长约三米,宽半米,高一尺,槽深八寸,离灌渠沟口不足百米,是沿龙潭沟小径下来的骡马,在此驻脚饮水休息后,鼓足劲翻越灌渠。饮马槽凿工精致,方正平匀,苔痕斑驳,枯叶覆底,半截槽内落满了土,亦生长出了杂草。我对白主任说县政协在呼吁打造徽县青泥古道文化品牌,此石槽若能运至州主山博物馆保护起来该多好。可运出山去谈何容易,但愿此石槽不要被破坏罢。

白主任领我们脱离幽径跳过溪坝到对面悬崖下,让我和妻坐在原地休息,他去向下寻找一座当地很有名的庙宇——川主庙。我和妻坐在坝边树下的石上,这里绿荫盖地,水色变幻,鸟鸣不断,抬头看见崖上一棵巨大的白皮松——从未见过那样大的白皮松,真是深山藏真树,妻情不自禁拍起照来。白主任折回来说找不到路,他也未去过川主庙,只听当地年龄大的人说过,说庙里塑有刘备的像。可能刘备坐主川蜀后,曾出兵由此道向北攻伐,或诸葛亮六出祁山时亦派兵经此道攻秦州,然需由专家查考论证。川主庙修于何时亦需考证,可龙潭沟的水和古木承载着多少历史,隐含着多少历史的谜团呢？

我们沿悬崖底踏着厚密的水草穿林前行，来到一处中部凹进去的崖下，这内凹处架着一面木质的菩萨莲花台，距崖底七八米高。白主任说是木质的，但表层又似石灰质地，从顶到底概有九层，第七层雕有五层宝塔、亭榭等，其他已漫漶不清。第六层雕件亦模糊难辨，似有屋室，概内雕有坐佛。再下面五层是排列整齐的大小佛龛，第四层外沿边上有一座很清晰的七层宝塔以及其他模糊的雕饰，佛龛大多空着，只有两个依稀可看见佛像。因悬崖内凹，躲避了风雨。大概因人为的破坏，剜取了佛像，又损坏了其他雕件，仅有精致的宝塔和亭榭完好。

此菩萨莲花台蕴含的信息量想必很大，也有很高的研究价值，期待有专业人士搭架就近仔细研究，弄清它的来龙去脉及文化和艺术价值。

再前行不远，又是一处庙宇，只残存两面墙壁和门柱子。两面墙壁上均绘有壁画，从破落处看，壁画厚约半厘米，想必是很有造价的。一面墙壁绘的疑似魏征梦斩泾河龙王的故事，一面绘着龙腾祥云、鱼逐海浪，因我才疏学浅，此两面壁画亦不能做出必要的解读。在面朝沟坝的墙壁下，平放着一面碑刻，很多字看不清，白主任扯了一把青草拭去上面的尘土，我将一瓶矿泉水倒上去，又抓了几把青草擦洗，反而更看不清了，只看到落款处为"嘉庆拾叁年×月×日匠人张明"，中间有人名和捐银多少，还有捐菩萨像的，概为修此庙的功德碑，也不知捐银人为何许人，修庙人为何许人，大致能判断出此庙是龙王庙。可白主任说当地外迁人将这儿叫观音庙，看来只有碑文记载着真实信息，还有周遭的树木、悬崖、潭坝，也许清楚此庙修建的前前后后了。

我们又踩着石头跳着蹚过溪坝，回到来时的路径上，依然在绿韵中穿行。此一段龙潭沟向西偏折，在午后太阳地照射下，在青峰和树木地掩映下，水面变幻出神秘莫测的颜色来，并随着视角的移动，不同颜色在水面上交替着,有草绿色、淡绿色、靛蓝色、紫蓝色、黄褐色、白色,各种颜色,有时在水面交织点缀,有时由远及近一片片分出层次,水中的石头被晒得泛白,似覆了一层雪,很是耀眼。鸟鸣声跌落在水面,碎了,又溶化在水中,水亦有了音韵,此情此景,便如童话世界一般。

前行一段路,到山脚了,跨过溪坝,走上岸,眼前一片开阔。白主任说开阔地带原属龙潭坝最好的地段,是整片的田地,住户搬迁后,田地便荒芜了,生长了厚厚的一人深的杂草,绿色冉冉,弥漫到两边的山岭上,溪水也蜿蜒隐没在深草中。

走不多远,遇到了三座房屋,两座是外迁住户未拆留下的,一座是原来的学校,土木结构,很是简陋。从房侧拐到房前,有夫妻俩和一汉子坐在台阶上乘凉,是外迁到王湾村的原住农人,他们背了一星期的干粮,来他们的老屋放蜂,一星期后又需出山背干粮。那台阶一米多高,用石头砌起,房屋虽简陋,但当初他们修建时一定费了很多气力呢。以前龙潭坝的住户要出山进城,可知有多艰辛。白主任说有些老人一辈子未走出过大山,想来是可信的。白主任和他们自然是认识的,打过招呼,也坐在台阶上休息。喝过水后,白主任说前面还有一块上马石,妻子已不想去了。那女人约了妻去屋后坡上摘蕨子,另一男的和白主任陪我继续前行。

眼前依然开阔着,是整片整片的草田,也有山外农人种植的苗木,已长成林了。在一片树林的尽头,一碾石头跟前,仰卧着一块上马石。这石头原来是立起来的,呈倒 U 字形,底部又呈八字形,顶部是平面,由一块整石雕凿而成,凿工亦很精细,线条流畅。这石头不知何时被人搬倒,游人再无气力将它扶起来,就那样放着。放眼北望,远处苍山莽莽,漫漫古道继续穿越崇山峻岭,我不禁对古人的勇气和智慧生出敬仰之情。

清明踏春

在农村长大,对于幽僻的原生态的小径,总情有独钟。所居楼对面是山地,每年春天,总要去走一回,感受原野的气息。幽径很干净,路面潮润,两边是青青的野草,和野草相连的是成块的各种蔬菜,或连成大片的油菜花,还有麦田。田埂或田中央,零散地生长着各种树木。核桃树已生长出嫩叶,很是稀疏;杨树叶已长满周身,绿中带黄,已有规模;粗壮的柳树,只有底部细长的斜枝上冒出嫩芽;梧桐树花已开,有碗大一团开在枝头,似一个巨大的装饰灯具;榆荚树外表还很干枯,感觉绿在树干中膨胀着,还有各种叫不上名的树,努力地吐出绿色。

有一大片麦地,麦苗长到一尺高,并散发出绿的光晕,很多白色的小蝴蝶,贴着麦苗飞,明明闪闪,像夜空的星星。这时路平阔起来,能并排行走三个人,路面上长满了细碎的小草,草叶有针丝状的,有指甲盖大圆状的,有手指长椭圆状的,有红豆杉叶状的,有艾草状的,还有很多不可名状的,它们挨挨挤挤、重重叠叠地生长铺散开来,将路面盖得严严实实。有时青草没过脚面,踏上去软软的,发出柔和温润的声音,那声音似乎只有脚板才能感受得到。脚下踏着绿色,又有蝴蝶在脚前飞绕,这在城市里是很难碰到的。

有一棵桃树正绽放着粉红色的花,似一位村姑穿了艳丽的服装,天然纯情的样子。一片竹林,竹子高高低低、粗粗细细、疏疏密密地凑在一起,正在脱掉冬天带来的沧桑,焕发出春的朝气。几棵梨树的花也绽放得正浓,一袭素服,烘托出几许忧伤。

坡地上到处是坟墓,离村庄很近。坟上挂满了白色黄色的纸带,有人将整张白纸黄纸剪成网状平铺在坟顶部,用土压住,这是近几年才出现的,还有的在坟前青青的柏树上缠绕了纸带,看上去很艳乍。逝去的人大概一年之中最盼清明了,这时他的亲人会近距离看望他,他该是多么的欣慰。其实一年四季中,逝去的人总和活着的人相距最近,倒是活着的人常常相隔千里。

　　偶然看到了田间劳作的人,有一个人孤独地弓着腰,一边干活一边想着心事,或许在听那些清亮的鸟鸣声。有一种当地人叫贵阳鸟的,声音更是响亮,而且带着几分焦急。当地有个传说,很久以前,有一个少年名叫李贵阳,他母亲早亡了,父亲便娶了后娘,后娘也生了弟弟,弟弟和李贵阳的感情很深厚,但后娘总想将李贵阳除掉,便想了个办法,将一袋豆子煮熟,让李贵阳带到森林深处的一块地里种下,并嘱咐他等到豆子发芽时才能回家。李贵阳一去再也没有回来,思念哥哥的弟弟便去森林里找他。弟弟整天喊着哥哥的名字:李贵——阳,李贵——阳,总没找到,后来他便化成一只鸟。不知从何时开始,一直在寻找,特别是黄昏时分,那叫声更是一声紧促一声,焦急万分的样子,是弟弟担心哥哥夜里更不好过吧!

　　想着这个传说,忽然飘来一阵扑鼻的芫荽味,便想起父亲来。儿时的记忆中,父亲很爱吃芫荽,就闻惯了那味道,今天他也去上坟了吧。

凤山春色

居室时久,只嗅得外面春色渐浓,偶得闲暇,去凤山释散阴湿的心情。天空还不是完全晴朗,春光被蒙了一层面纱,却也照亮了上山人的心房,路边的绿草染绿了足印。

有住户的槛外一株桃花正悠然绽放,便是春光映堂了;还有归来的游童握一束野糖梨花,脸上很满足的神情。他是将春色插到案几上的瓶子里,让春天在屋子里生长,伴他做一个美好的春梦。毕竟一年只有一个春天,一生只有一个春天。

春色并非想象的那般热烈,只有雪白繁盛的野糖梨花,一片牵连了一片,在远离路边的坡埂上灿烂。高高耸立的杨树,举满黄绿的嫩叶,和深绿或墨绿的柏树相映衬,增加了绿的层次。

人工种植的桃园显得有些寂寥,桃树很是瘦削,虽尽力开花,总渲染不了气氛。当然,希望总是有的,过不了几年,它们便是凤山的桃之夭夭了。

梅园给人最大的期盼,好像那里有很多东西在等待着来客。到了跟前,才知她已衰色暮气了,无数花瓣静静地贴在地面,变色,腐朽,它们也将梦寄托在来年。

凤山的春色零乱的很,也嫌寡淡,但美好的希望已扎根土壤。

在一片桃园深处,几株玉兰超凡脱俗,连那白的、红的、紫的颜色也高贵了,它们是凤山的灵魂。

清露晨流

《世说新语》载曰:"王恭始与王建武甚有情,后遇袁悦之间,遂致疑隙。然每至兴会,故有相思。时恭尝行散至京口射堂,于时清露晨流,新桐初引,恭目之曰:'王大故自濯濯。'"用现在的话说,王恭起初和建武将军王忱很有交情,后来受到袁悦的挑拨,便产生了猜疑、裂痕。可是每到兴致勃勃时,还是会想起他。那时王恭曾服药后行散,走到京口的射堂,当时,清露在晨光中闪动,新桐初吐嫩芽,王恭触景生情,评论王忱说:"王大确实清亮明朗。"

可以看出"清露晨流,新桐初引"是指清晨初映着阳光闪烁的露水,而露水清洗装点下的桐树也刚刚抽出了嫩芽,这时,王恭本人也不禁心境情性纯洁灵明了,马上想到了自己有过嫌隙的朋友王忱来,并评价王忱"故自濯濯",濯濯即清亮明朗,如清露如新芽,反映出了朋友之情的美好。

"清露晨流,新桐初引"句,也感动了李清照,当她也遇到此情此景时,在《念奴娇》里全搬用过去。一颗晨露,一枚新芽,从六朝到北宋,从北宋到现在,静静地在书页里晶莹、清芬。

其实,我们在羡慕古人拥有这样美好性情的同时,也希望在现实生活中,在"清露晨流,新桐初引"之际,有朋友能体会和欣赏这种意境;也希望自己亦能在此情此景中想起朋友,特别是曾有过误解和隔阂的朋友。

然而现实的名利、快节奏、浮躁等,使人的心里装满了各色杂物,很难有清心去感受自然的美妙。

"清露晨流,新桐初引",不仅是自然界拥有的美好,也是人之本性的美好,是互相关联和融合的。明月如霜,清风如水,自然的清美,映照着人精神的高洁。我国古人在艺术和思想上都追求清莹透明之境,如诗歌以清新自然为佳境,园林以清静空明为绝境,陶艺以清澄雅洁为上绝。再如庄子的宇宙清气,儒家的冰雪人格,更是从思想上追求人生与自然的融合。清,代表了一种审美的取向和理想。清,是天地自然的美感,是人格高逸的体现。

然而自然的"清露晨流,新桐初引"是客观的,而人的"清露晨流,新桐初引"之境是需要修养的。只有人有清心之性,才能感受自然之清美,才能被自然的美感动。在短暂的人生中,要想与自然相融合,达到人生的高境界,只有不断清纯自己的心灵,清洁自己的生命,固守清静明朗的本性,才会除去尘嚣的浮尘,馨香四溢,让心灵光明莹洁,生命纯清高逸。

其实,清心是人的本初之心,只是在后天的生活中有的被重染洗化甚至泯灭了。只要用心去发现提纯,人心之本来的清明就会复现。而以明静清朗的心来观照自然,用生命原初的清纯,和心灵深处的高逸来感知世界,我们就会不断得到真情,得到美好,在羡慕古人的同时,也会让自己感到欣慰。

跋
——在嫩寒里守望文字的春天

在这个飞速发展的社会里，每个人作为社会的一分子，都有着不同的内心世界。当我们把自己或美好或忧伤的内心世界呈现在纸上，那么内心便如有了阳光的照耀。也许这阳光是嫩寒的，但它也会让我们的内心变得明亮。这个初冬，我有幸见到了吴世刚先生即将付梓的作品集《嫩寒锁梦》。捧着沉甸甸的集子，我用一周的时间对浸润着吴世刚先生心血的文字进行了通读，无论是收录在书中的诗歌还是散文，都体现着吴世刚先生的所感所悟，也不由得使人想为这本雪中松柏般让人眼前一亮的文集说点什么。

《嫩寒锁梦》是吴世刚先生诗歌与散文的合集，共收录诗歌一百八十多首、散文三十多篇。这些作品有吴世刚先生青春的迷茫，也有对家乡风土人情的赞叹、对人生与生命的叩问。在诗歌《我想知道》里这样写道："我想知道 / 你是否以你富有的忧伤 / 轻轻地 / 将我装进你的衣袋 / 或者,以你怜爱的多愁 / 给我暂时的温存 / 如果我的猜测没错 / 该怎样描述你的话语和眼神 / 请不要再做戴面纱的女神 / 纵有狂风暴雨 / 我已为你搭建了幽居。"整首诗，以轻吟低唱的文字，让人感受到了一个人内心的悸动和对朦胧情感的执着与热望。尤其是最后两句："纵有狂风暴雨，我已为你搭建了幽居"以跳跃的方式，笔锋一转，让人读出了一种追求美好情感的豪情与担当，从而使整首诗有了一种高度。另外一首《小河》很有画面感,由夏季河流中一对青年男女在水中嬉戏的场景,切入了另一个季节,由季节变化巧妙地表达了自己内心的失落。这种失落可以是无情的秋风、秋雨带来的,也可以是睹物思情。这首诗对读者的代入感尤为强烈:"……是秋季／拖着秋风站在那条河岸／河水澹澹／你的影子很模糊／我知道明天要下雨／我不愿我的情思失落在秋雨里／河水带着梦／漂走了／没有阳光／我的影子很瘦。"一种青春期说不清道不明的孤独与无奈,使我们的思绪久久地游走在这首诗中,感觉那个木雕般细瘦的影子犹如青春期的自己,让人感叹青春的茫然无奈,但所幸有人在生命里来过,即使思念"瘦成影子"又何妨?

吴世刚先生以短诗见长,常常在精短的诗句中营造诗的多重意境,这使得他的诗歌空间很是圆融宽泛。他诗歌创作的题材各不相同,除了写青春期的迷茫、憧憬、渴望外,他的笔触还深入到了对生命真谛以及家乡土地的赞美。在《爱生命,爱时间》里他这样写道:"那个下午／时间被阳光照得空明／我的每颗细胞／在时间的水域游泳／时间给予它营养／这时／我正想着一些最平常的事／时间在微笑／我的思想／收藏在它深邃的眼中。"如果说吴世刚先生前期的诗歌是浅春中的一枝青绿,那么这首诗却以直白地叙述深入了生命与时间的内里,让人感知了一个成年人在一个阳光明媚的下午,坐在一把旧式摇椅上,或翻着旧报纸,或看着老相册,或想着生活中平平常常的琐碎事情。诗中所呈现出的恬淡,让人感受到了生命的光亮与光阴的美好,这又从另一个侧面,折射出吴世刚先生内心的淡然和对生命更高层面的思考。除了这几首诗,收集在这本集子中的另外几首诗也给人留下了深刻印象,比如《致另一C君》《小脚二奶奶》《傍晚登凤山》《拉胡者》等,让人感到了吴世刚先生对小人物特别的关照。

吴世刚先生不仅写诗歌,还写散文。作为一个成年人,我觉得吴世刚先生的散文比他的诗歌更加厚重,散文更适合吴世刚这个年龄段的人去书写。《吃水》是收集在这本集子中的一篇散文，文章以白描的方式，记录了作者少年时村庄吃水的艰难情景。从作者记事起，村中唯一的一口井，因为一个年轻女子的殉情而成了枯井，导致全村人只能到山沟里去挑泉水，晴天还好，但到了雨天，吃水就相当困难。吴世刚先生在文中这样写道："下雨天是吃水最困难的时候，有些路段积土太厚，下不多的雨便成稀泥了，再加上是陡路，走起来脚下直打滑，更不要说挑着一担水了。因父亲经常在外地做木活，就由母亲挑着两个桶，我拿着一把铁锹，在前面将泥铲除，每次铲出一块鞋底大湿而不滑的地面，刚够落下一只脚，按着跨出一步的距离交替往前铲，或者从路边的埂上铲下干的土疙瘩垫在泥里。挑回一担水要付出很多气力，更要小心翼翼。"从山沟艰难挑水到吴世刚先生和弟弟一天四趟从山沟里往回抬水，尤其到了干旱时节吃水就更加紧张："大家眼瞅着那细小的泉眼流眼泪一样往外冒水，等到泉底有一瓢水时，不管清浑，就刮到桶里。后面的人等不住了，又折身回去，凌晨四五点起来再来挑水。"直到"西部母亲水窖"落地实施，全村人终于改善了吃水艰难的状态，他家里也连续打了两口水窖，从此，吃水问题便一去不复返。不难想象，因为吃水问题得到了解决，村民的内心有多欢喜，但吴世刚先生并没有落入俗套，反而从时代的另一个侧面写出了人们内心的失落、自己心中回不去的乡愁，使此文的主题得到了进一步的升华。

  另一篇散文《怀念祖父》，是写亲情的。吴世刚以祖父去世为切入点，展开了对祖父坎坷身世的叙述。他的祖父出生在一个农村家庭，十一岁时就被送到其舅舅家放牧牲畜："祖父光着脚，衣衫单薄，头上扣着一顶乌黑发霉的破草帽，嘴唇青紫，手背被细细的冷雨浸得麻木。他还没到回家的时候，在坡埂上放牧着跟着四个猪仔的一头老母猪、三十只羊和一条叫驴。驴在田地边上，羊在坡埂中间，猪总跟在后面。他一刻不能闲着，一会儿羊跑到前头去了，一会儿猪又掉得太远，一会儿驴钻进庄稼地里，他一直跑前跑后，总要将它们拢在一块。"尽管这样，他的祖父在放牧回家的路上，因为遭受了狼的袭击，丢失了一只羊羔，被其舅舅打得头破血流。不得已，祖父只得趁着夜色逃回家中，在村后的马槽里躲了一夜。看到这里，使人对祖父的遭遇顿生怜悯之情。祖父二十岁时，父母又不幸英年早逝，为了六个兄妹能有饭吃，祖父只得去学木匠，所幸祖父聪明好学，为人实诚，学得一手好手艺，为镇里做过大风车，被公社组织到新疆建设兵团当过木工。祖父的命运在吴世刚先生的笔下展现得淋漓尽致，同时也让我们通过这篇文章，看到了老一辈人生活的不易，从而会去感恩这个美好的时代。除了写故乡风物，写亲情，吴世刚先生还寄情于山水，《神奇的九寨》《感受拉萨》《无名山访春》《寻访龙潭坝》等，这些借景抒情的散文，使人都能在他笔下的美景里得到淘洗，犹如身临其境。

　　吴世刚先生不但写诗歌，写散文，近几年他还涉猎"红学"，对经典名著《红楼梦》有所研究。本书中还收录了他写薛宝钗的文章《薛宝钗因进宫落选而反常吗》。由于对红楼梦阅读不深，所以不敢妄加评论。

　　在此，也借这个古雅的书名《嫩寒锁梦》，祝愿吴世刚先生所有的梦想都能从现实世界的嫩寒里走出，用文字的青枝绿叶迎接万紫千红的春天。

　　肖娴，原名肖淑萍，甘肃徽县人，甘肃省作协会员，陇南市文艺评论家协会理事。其散文《母亲的银手镯》荣获《飞天》全国诗歌散文大奖赛二等奖，《叶落黄昏》获省作协举办的"王府杯"散文征文优秀奖；小说《烹雪煮酒》获宁夏回族自治区成立六十周年"荣光杯"主题征文三等奖；出版有作品集《一个人的青草山》。